ヒキトリノ

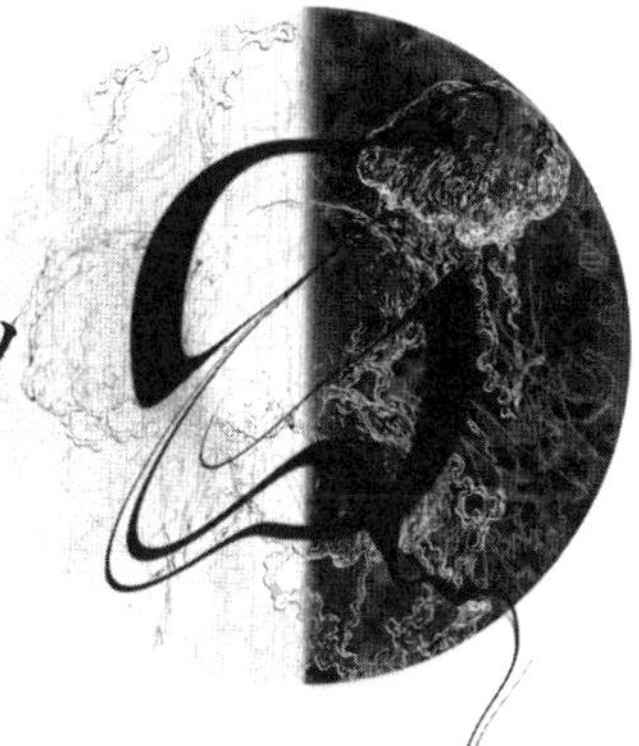

藤原佑月 FUJIWARA Yuzuki

文芸社

人の縁は不思議なものだ。

よく糸に喩えられるが、僕は赤くらげの足のようなものだと思っている。細く頼りなく消え入りそうに透明で、絡まりそうで絡まらない。近づいたり離れたり、不規則で不確実にゆらゆらと漂うもの。それでいて、実のところ根っこは同じところから出ている。

まるで天から放たれてでもいるように。

目次

プロローグ

上野駅から少し歩いた場所に、よく行くチェーンの喫茶店がある。何か読み物をしたいとき、静かな自宅より無意味な人の話し声に包まれた場所のほうが集中できるのは不思議だがよくあることだ。

周辺にはおしゃれなカフェも点在しているが、交通整理でもされたように自然に住み分けができている。この店にはだいたい、長時間居座ってだらだら本を読んでいる僕のようなおじさんか、休日なのにスーツを身につけてエンターキーを強めに叩く会社員か、あるいは怪しげなビジネスの勧誘を熱心に聞いている若者くらいしかいない。

これまで満席で断られたことはないし、いつもちょうどよく賑わっているところが気に入っている。

だが今日は、朝からやけに混み合っていた。噂話に花を咲かせる高齢女性のグループや、次の予定までの暇つぶしに立ち寄った男性二人組など、普段は見ないような客が入れ替わり立ち替わりやってくる。僕は読書に集中するふりをしながら、度々彼らの会話に聞き耳を立てた。

昼過ぎには、流行《はや》りの服装をした若い女性二人が案内されてきて、近くの席に座った。おそらく大学生くらいだろう。最近暑さが和らいで公園を訪れる人も増えたから、普段彼女達の行くようなカフェが空いておらず、こんなところまで流れついたのかもしれない。

「そういえば、来月引っ越しするから荷物の整理してたんだけどさ」

おしぼりの袋を豪快に引きちぎりながら、ポニーテールの女の子が言った。高い位置で一つに結んだ巻き毛が柔らかく揺れる。

「うん」

明るい髪色のショートカットの子が、スマホをいじりながら相槌を打つ。

「そしたら、変なものが出てきたんだよね」

「どういうこと？」

会話の相手がやっと目線を上げると、ポニーテールの女の子は、水のグラスに口を付けて言った。

「なんか、黒い球《たま》みたいなの」

「へー。どのくらいの大きさ？」

「これくらい」

女の子は、両手の指を合わせて丸を作った。

「ふつうにボールじゃないの？」

「中に何か入ってるみたいな音がする」

「じゃあケース」

「なのかなあ。全然見覚えないんだけど」

「えー、なんか気味悪いね。マリコ一人暮らしでしょ？　わかんないなら捨てちゃえば？」

「そうなんだけどね。一応ミカに聞いてから捨てようと思って、持ってきたんだけど。見る？」

「見せて見せて」

　ポニーテールの彼女は体を捻って、背中と椅子の間に置いていたトートバッグを探りそれを取り出した。ミカと呼ばれた子は、漆塗りのような黒い艶のある球体を持ち上げてじろじろ眺めると、直径十センチほどの球を返しながら言った。

「これってもしかしてさあ……」

「うん」

「おばあちゃんが言ってたやつかも」

「え、なに」

プロローグ

「カイメイさま」

食器のぶつかる音、遠くに聞こえる笑い声。店内のあらゆるざわめきの中、その文字列だけが、はっきりとした輪郭をもって僕の大脳皮質に絡みついた。

「かいめい……？　どんな字？」

「さあ、昔聞いたことあるけど忘れちゃった。なんか」

呪いがどうとかって言ってた気がするけど。

そう言いながら、にやりと笑った。

「えーやめてよー、気持ち悪い。私、恨まれるようなことなんてしてないよ」

「そう？　マリコの元彼くんさ……」

彼女たちは球体のことなど忘れたように、もう恋愛話に夢中になっている。

僕は、手元の本に視線を落としながらも、頭は活字を追うことなく五年前のちょうど今と同じ季節を思い出していた。

第一章　ハツゲン

「ねえ、これって賢一の？」

ユキの部屋のソファでくつろぎながら、ここへ来るときに買った科学雑誌を捲っていると、背後から声をかけられた。振り向くと、手に見たことのない黒い球が握られている。

「さあ。見覚えはないけど。捨てたら？」

「でもさあ、これ、中から変な音がするんだよね」

はい、と手渡される。僕は雑誌を閉じてローテーブルの上に置いた。

〝球〟は、想像よりも軽かった。暗い色は明るい色より重たそうに見えると聞いたことがあるから、そのせいかもしれない。それから、無機質な見た目のわりに暖かかった。いや、暖かさというよりぬるさだ。温泉のあつ湯からぬる湯に移ったときのあの何ともいえない「冷たい」と「暖かい」の絶妙に入り交じったような。いや、電車の中で不意に触れた知らない人間の肌のような。

僕は、予測との乖離に説明し難い薄気味の悪さを覚えた。

どこで見つけたのか聞くと、洗面台の下だよ、と言いながらユキは球を回収し、僕の右耳に押し当てた。

「ね?」

「ね、と言われても……何も聞こえないよ」

「本当に?」

怪訝な表情を浮かべながら、今度は自分の耳元へ持っていく。ショートヘアから覗く白い耳が、皆既日食のように黒い球で覆われた。

「……やっぱり聞こえる……音っていうか、間延びした声……そう、お経みたいな」

ユキはそう言った途端、さっと顔を青くして球から手を離した。

支えるものの無くなった球は、絨毯の上に音もなく着地した。跳ねることも転がることもせず、衝撃をすっと吸収するように「着地した」のだ。

僕は本能的な違和感を抑え込むように言った。

「ユキ、ちょっと疲れてるんじゃないかな。今日は早く寝たら？　もう帰るから」

「ねえ、これ、気味が悪いから預かってくれないかな？」

玄関へ見送りに来たユキにそう頼まれ、僕は奇妙な黒い球を自宅へ持ち帰ることになった。捨ててしまってもいいのか聞いたが、なんだかバチが当たりそうだから、と制された。ユキは僕と違って信心深く、ホラー映画やお化け屋敷も苦手な性質《たち》だから、そういうことが気になるのだろう。


翌朝、スマホの鳴る音で目が覚めた。アラームかと思い一度切ったが、ユキからの着信だった。

「ねえ、私、昨日預かってって賢一に言ったよね？」

目的語のない唐突な彼女の言葉に、昨日の出来事をどうにか手繰り寄せ（ああ、きっと黒い球のことを言っているんだな。もしかして、彼女のところへ帰ってしまったのか）とぼんやり思った。寝ぼけ頭とはいえ、僕があくまで冷静に非常識的な考えを巡らせたのは、残念ながら怪奇現象に巻き込まれる経験が初めてではないせいだ。

「ひょっとして黒い球のことかな？」

ここで彼女を下手に怖がらせるのは悪手だな、と考えて、僕は思考の後半を口にしなかった。

「そうだよ！　怖いからってお願いしたのに、どうして？」

普段はあまり感情的にならないユキの声が、興奮のためか恐怖のせいか、震えている。

「ああ、ごめん。鞄に入れたつもりだったんだけど、忘れてしまったのかも」

僕はまだうまく稼働しない頭で、彼女の気持ちを落ち着かせる言葉を探した。

「ところでさ、前から言おうと思ってたんだけど、そろそろ一緒に住まない？」

ユキと付き合って三年。同棲を全く視野に入れていなかったわけではないが、具体的に計画していたわけでもない。ただ何となく、彼女から言い出さないうちはいいかな、と考えていた。

ユキは年下だが、僕よりずっとしっかりしているし、性格もどちらかといえば淡白なほうだから、僕らの関係性において、同棲は急ぎ実行しなければならない課題ではないように思えたのだ。でも今、彼女の抱えているものが得体のしれないものへの恐怖なら、一緒にいる意味は多少なりともあるだろう。

ユキは、すぐには言葉を発しなかった。頭の回転の速い彼女はきっと、急いで列挙しているに違いない。お互いのプライバシー、黒い球への不安、生活費の負担、それから僕の寝相の悪さなんかを。

予想通り、数分も経たないうちに彼女が口を開いた。

「そうね。それもいいかもしれない。今日からうちに来る？」

ユキのこういう、決断の早いところが好きだ。きっと僕なら、答えを出すのに少なくとも一週間は時間をもらうだろう。

電話を切って、僕は早々に準備を始めた。とはいえ男の一人暮らしなど、たいした荷物もない。持っている全ての衣類と、愛用の洗面具を詰め込んでみたところで、旅行鞄一つで十分足りる。すぐにこの部屋を引き払うわけでもないし、まだコートを着るには暑いか、と思い、一度入れた上着を取り出すと余計に隙間が目立ったので、本を数冊入れてバランスをとった。

時間に余裕があったので、一通り部屋の掃除をして、洗面台の鏡も磨いた。突発的なことが得意な性格ではないのに、うきうきしている。鏡に映る自分の表情を見て、そのことに気が付いた。好奇心に緩んだ両頬を引き伸ばすように「これはユキのためだぞ」と、自分自身に言い聞かせながら力一杯鏡面を拭いた。

部屋中に振り撒いた芳香剤の残り香を後にして、荷物を持って家を出た。彼女の家は会社より先にあるので、一旦家に帰ると遠回りになってしまう。

「旅行でも行くんですか?」

エレベーターで一緒になった後輩に声をかけられたが、まさかこれから同棲を始めるなどとは言えないので、適当に頷いておいた。

その日は何となくそわそわして、仕事に集中できずにいた。これから始まる彼女との生活に期待しているせいかと自問してみたもののしっくりこず、謎の球のことが頭から離れないのだという回答に決着した。僕は、生来人より知的好奇心が豊富なことを自覚している。それで昔恐ろしい目に遭ったことがあるのに懲りないものだ。いや、こういうのは捻挫と一緒で一度やると癖になるものなのかもしれない。

時計と睨み合いながら長い一日を過ごして、半年ぶりに定時ぴったりに会社を出た。「お疲れさま」という声に驚いた後輩が時計を見遣り、僕の顔をまじまじと見つめ、それからスーツに不似合いの大荷物に視線をうつして、やっと要領を得たように「あ、お疲れ様です」と頭を下げた。

その日、自宅で仕事をしていたユキは、呼び鈴を鳴らした僕を玄関まで迎えにきた。

「はい、鍵。これからは鳴らさなくていいよ」

少し怒っているのかそれとも照れているのか、合鍵を手渡しながら素っ気なく言う。僕は大袈裟に「ああ、ありがとう。なんだかこういうのって照れ臭いもんだな」と口にしながら自分に都合のいいほうの解釈を採用した。

リビングに入ると、彼女は黙ってローテーブルの上に置かれた〝球〟を指差した。

「ああ、ごめん。一緒に住むことになったし、もう処分したほうがいいかな」

という僕のわざとらしいセリフに「ううん。あとで賢一の家に持っていってほしいんだけど」と、ユキが溜め息を吐きながら答えた。


僕はすぐに球を回収して、上着のポケットへ入れた。

だがもちろん、全てを解明するまで手放すわけにはいかない。それに、僕の家に置いてきたところで、昨晩のようにまた彼女のもとへ帰ってしまう可能性が高い。

同棲を始めて早々に隠し事をするのもどうかと思ったが、頼りない良心と相談して「無闇に彼女を怖がらせないために黙っておこう」ということにした。本心は、奇怪な球を再び目の前にしてむくむくと湧き上がる探究心を抑えられなかったのだが。とりあえず彼女の目に触れなければ問題ないだろうと考え、移動させるふりをして部屋の隅に隠しておくことにした。

その日から、球に関する記述がどこかにないかと密かに探り始めた。だが、数日経っても手がかりになりそうなものは何もない。わからなければわからないほど、のめり込んでしまうのは僕の良くない癖だ。ユキはそんな僕を時折怪訝そうな表情で眺めるものの、特に口出しすることはなかった。僕は自分を信頼してくれている彼女に対し、ほんの少し罪悪感を覚えた。それでも、幸運なことに僕たちの関係はそれまでと変わらず良好だった。

だが、実際は目に見えないところで、暗い影が差し始めていた。

「健康だけが取り柄なの」といつも冗談めかして笑っていたユキが、会社で受けた健康診断で再検査を促され、後日病院で余命半年と宣告されたのだ。

彼女は夕食の洗い物をしながら、後ろ姿で事実だけを僕に告げた。突然だったのと、あまりに淡々とした口ぶりだったので、僕には彼女が悪い冗談を言っているとしか思えなかった。けれどユキは、夜ベッドに入ると僕の背中に抱きついて「きっとあの不吉な球のせいよ」と呟き、声を殺して泣いた。

表向きは僕の元の家に移したことになっているので、この部屋に球があることを彼女は知らない。僕はさすがにばつが悪くなった。もし本当に球が不吉なものだとしたら、彼女が病気になったのは僕が球を近くに置いていたせいかもしれない。

だが、生来のやっかいな性格のせいで、僕ははっきりそうだと判明していないことをやすやすと受け容れることができなかった。それになぜか、ユキが死ぬことなんてないだろうと、確信めいた予感があった。ひょっとしたら彼女を失うという残酷過ぎる結末を認めたくないだけなのかもしれないが。

彼女に黙って球を処分するか、それともこのまま真相を追及するか。余命の件を聞いてから丸二日間悩んで、結局僕は球の謎の解明を急ぐことを選んだ。とにかくもう、これまでのように悠長に文献をあさっている時間がないことは明白だった。

手始めに、数日かけていくつか実験をし、球についてわかったことを箇条書きで手帳に書き込んだ。

・日中であれば別の場所へ移動させることは可能
・どこへ移動させても翌朝には彼女のもとへ戻る

・彼女が別の場所に泊まると朝までにそこへ移動する
・彼女にしか球から発せられる声は聞こえない

移動のルールはわかっても、肝心の正体については、相変わらず全く摑めていなかった。次第に仕事も手に付かなくなる。頭を抱えているうちに、ふと、大学の同期で呪いや怪奇現象の類いを研究する怪しげなサークルに入っていた人間がいたことを思い出した。うまくいけば、卒業アルバムで連絡先がわかるかもしれない。

その日早速、仕事終わりに都内にある実家へ寄り、クローゼットの奥から埃を被った同窓会名簿を引っ張り出した。同窓生の住所と電話番号がずらりと一覧になっている。僕が卒業したのは、まだハローページや紙の連絡網が生きていた時代である。昔は個人情報の管理が今よりずっとおおらかだった。

学部、学科、専攻。順に辿っていくと、名前があった。固定電話とはいえ、古い名簿なのでそもそも番号が生きているか心配だったが、数字のあとに通話ボタンを押すとすぐに呼び出し音が鳴った。

老いた女性の声が、苗字を名乗った。僕が大学時代の同窓生であることを告げると、息子はここには住んでおらず、今は神奈川県にいると教えてくれた。

「なも帰ってごね」

方言が強過ぎてその先はよく聞き取れなかったが、おそらく愚痴か世間話なような話題にはい、はいと適当に相槌を打ち、切りの良さそうなところで「息子さんの連絡先を教えていただきたいのですが」とお願いした。

「わんつか待ってで」という声のあとにしばらく無音が続き、電話口に戻ってきた母親があっさりと数字を読み上げたので、どうか詐欺に遭わないでほしいと自分勝手な祈りを捧げながら電話を切った。

数日後、上野公園の近くにある行きつけの喫茶店に早めに到着し、本を読みながら待ち合わせの相手が来るのを待った。

「久しぶり」

約束の時間を二十分近く過ぎた頃、場に不釣り合いな声の大きさでそう挨拶しながら現れたのは、大学時代の彼そのものだった。歳のわりに若い、という意味ではない。大学時代から老け過ぎていたのだ。

髪はぼさぼさ、無精髭、まるっこい体格。十数年前から何一つ変わっていない。そういえば確か大学時代にも同じようにここで待ち合わせしたことがあったな、と思い出し、一瞬タイムスリップしたような感覚に陥った。

「急に呼び出して悪かったな」

「いいや、どうせ暇だし」

おしぼりと水を持ってきた店員に、アイスコーヒーを注文しながら答える。

僕は改めて目の前の人物をまじまじと見つめ、果たしてこれで社会人が務まるものだろうか、と多少の不信を抱きながら聞いた。

「今はどんな仕事？」

「編集だよ。といっても廃刊にならないのが不思議なくらい、全然売れてない雑誌だけどな」

シモカワはそう言ってヒヒヒと笑った。最後に歯磨きをしたのはいつなんだ、と思わず聞きたくなるのをぐっとこらえる。

「そうか。それでこの前電話で話した、妙な物の件なんだけどさ」

僕は、さっきコンビニでプリントしたばかりの写真を取り出した。ユキが急遽予定を取りやめて家にいることになったため、うまく球を持ち出せなかったのだ。しかも、信じられないことに、目の前にいる人物は未だにガラケーを愛用しており、質のいい画像を送信することもできない。明らかに普通の物体ではないので、うまく現像できるか不安だったが、そこには急いでスマホで撮影した割に奇怪な雰囲気を纏った球体が鮮明に写っていた。

ちょうどアイスコーヒーを運んできた店員が、物珍しそうに写真をちらちらと覗き見ている。おしぼりで顔面をごしごし拭っていたシモカワは、写真には目もくれずに、テーブルにコーヒーが置かれた瞬間、ケースに複数入ったシロップとミルクを全て投入して乱暴にストローでかき混ぜた。

ズズズッと音を立てて勢いよく半分ほど吸い込んだあと、グラスを横に避けて毛の生えた太い指で写真をつまみあげる。

「知らんなあ。職場の連中を当たって、オカルトに詳しい奴に聞いてみるか。しかしなんかこれ、アレみたいだな」

シモカワがにやりとする。

アレ、というのは多分、黒い球の指示通りに異星人と戦う漫画のことだ。僕はそこから話を広げる気分にもなれなかったので「そうだな、頼むよ」とだけ返事をした。

「なんかわかったら連絡する」

シモカワは白濁した残りのアイスコーヒーを一気に飲み干し、写真をひらひらさせながら当たり前のようにコーヒー代を払わず去って行った。

第二章　ジュブツ

「もしもし、俺だけど」

　詐欺の常套句のような電話がかかってきたのは、シモカワと会った一週間後のことだった。

「例の黒い球さ、ひょっとしたらあれ、呪物かもしんねえぞ」

　電話口で放たれた「ジュブツ」という響きを頭の中ですぐに呪物に変換できたのは、薄々そういった類いのものではないかと予感していたせいかもしれない。

　ちょっと待ってくれ、と言って一度消音ボタンを押し、鞄の中から黒革の手帳を取り出した。大学の入学祝いに父親からプレゼントされて以来、いつも持ち歩いているものだ。万年筆でメモ欄に「呪物?」と走り書きしてペンを持ったまま急いで電話口に戻った。

「呪物って、それ、持ってると呪われるってことか」

「いや、そうでもない。超自然な力で禍福をもたらすものをまとめて呪物って呼ぶらしい。問題は、例の球がそのどっちなのかってことだな」

「禍《わざわい》と幸福じゃ随分意味合いが変わってくるな。それで、前言ってたその詳しい人はなんだって？」

「大昔にA県の祭儀で使われていたものじゃないかってさ。サイギってのはいわゆる祭りのことだ。どんちゃんやる今のイメージとはかなり違う神聖な儀式だけどな」

「なるほど。しかしA県って言や四国だろ。東京からはかなり距離があるじゃないか。そんな場所に由来するものが、どうして彼女の部屋にあるんだ？」

「さあな。どのみち写真じゃわかることも少ないし、実物を見たいって言われたから、一度貸してくれよ」

「ああ、それはいいんだけど、昼間しか貸せないぜ」

「だいじょぶだいじょぶ」

最後の「ぶ」を聞き終えないうちに電話が切れた。慌ただしい奴だ。

翌日の月曜日、ユキは一日中家に篭っていたようだ。出社する時はいつも僕より先に出て僕より遅く帰るから、おそらく会社へは行っていないし、家で仕事をしていた形跡もない。僕は一抹の不安を覚えた。

病気になる前の彼女は、急に仕事を休むことや、ましてやサボることなどあり得なかった。しかも、今日の彼女は、素人目にはそう顔色が悪いようには見えない。だが、大病ほど症状は出にくいと聞いたことがあるし、そもそも余命を宣告された人間なら失意の底に沈んでも仕方がないだろう。僕は、彼女の体調や精神状態よりも、自分の知らない人間に変わってしまうのではということを恐れている事実に気が付き、自己嫌悪した。

僕は、スーツ姿のままカモミールティを入れて、ローテーブルの上にそっと置いた。彼女が眠れない夜に飲んでいるのを、何度か見かけたことがある。

だがユキは、カップに目をくれることもなく、ソファの上で膝を抱えて真っ暗なテレビの画面に向き合っていた。

そのとき、ユキが急にくるりと振り向いて言った。

「私、きのう夢を見たの」

「夢って、どんな？」

「白装束っていうのかな、白い着物みたいなものを着た人が、すごく足元の悪い山道を進んでて、私は誘われるようにそのあとをついて行ったの。ううん、夢の中では、そうしなきゃいけないって思い込んでた。たぶん夜中だと思う。目の前にぼうっと浮かぶその人の姿以外には何も見えないくらい暗くて、変な鳥の声みたいな、赤ちゃんの泣き声みたいなのも聞こえてきて、けど、不思議と怖さはなかったの。全然知らない景色だけど、なんだか懐かしい感じがした。

　そのうち急に開けた場所に出て、能の舞台ってあるでしょ？　あれに似てる四角い台の上に、たくさんの人が車座になって座ってるのが遠目に見えた。みんな舞台の黒子さんみたいな格好で。あ、でも、服は黒いんじゃないの。真っ白で、頭を覆うベールのところにそれぞれ変な顔みたいなのが描いてあった。

　どんどん近づいていくと、大勢が囲んだ舞台の中央に、あの黒い球が置いてあって……ううん、球は二つあった。一つは黒くて、もう一つは水晶みたいに透明で吸い込まれそうなくらい綺麗だった。前を歩いてる白装束の人に付いて私も舞台の階段を上がった瞬間、全員が一斉に頷くみたいに揺れ始めたの。
　何か言ってるなって思って耳をすませたら、こう聞こえた。

ヒキトリィ、シャナァ、ツギィ、ヒキトリィ、シャナァ、ツギィ、

　私、なぜだかわからないけどすごく神聖な気持ちになって……何かに誘われるように水晶玉に手を伸ばした。その瞬間、急に手首を掴まれて、あっと思う隙もないうちに黒い球に触らされたの。驚いて振り向いたら、その場所へ連れてきた白装束の人が私の腕を強く掴んでた。次の瞬間、バシャンって音を立てて白い服が破れて……血塗れになった服の隙間から内臓が、はじけたザクロみたいに……私、怖くて叫び声を上げたところで目が覚めたの」
「怖くて」と口にしながらも彼女は取り乱す様子もなく、どこか遠くの景色を描くようにぽつりぽつりと語った。その生気の失われた虚《うつ》ろな瞳と、穏やかな語り口との不調和に、僕は背筋の凍るような寒々しさを覚えて、違和感を振り払うように頭をフル回転させた。

黒い球の出てくる奇妙な儀式。この状況で、ただの夢で片付けてしまっていいのだろうか。もしかして、病気で死の淵を彷徨うユキが、一瞬死後の世界へ足を踏み入れて、たまたま運よく目が覚めて帰ってこられたとか？

ユキが見たのは、シモカワの言っていたA県に伝わる祭儀の様子かもしれない。僕の知る限り彼女は球にまつわる知識を持たないはずなのに、黒い球と奇妙な儀式が揃って出てくるような偶然などあるのだろうか。

「夢と現実の相互浸透」。いつか耳にしたそんな言葉が頭に浮かぶ。こういった話ではよく、夢の世界へ行ってきた何かしらの「しるし」を持って目覚める。たとえば破れた布の切れ端や、寝る前にはなかった手首の痣なんかを。だが、ユキの場合は鮮明な記憶以外にそれらしいものは何もなかった。そう、あまりに鮮明すぎる。意味不明な文字の羅列をたった一度聞いただけで完璧に再現できるのか？

黒い球のことを「呪物かもしれない」とシモカワが言っていた。祭で使われる本物の呪物とひとまず仮定して、禍と幸福のどちらをもたらすものなのかが重要だ。

残念ながら、今のところ不吉な存在に思える。先入観に囚われるのは良くないが、一般的に透明と黒では透明が縁起の良い物、黒が悪い物というイメージが強いのは確かであるし、ユキと一緒にいた人物に死を連想させる描写があったのも引っかかる。何より現に、彼女は余命宣告を受けているのだ。

だがもし、球が本当に悪い作用を及ぼしているのであれば、正しく扱えばユキの病気が治るかもしれない。その考えに縋ることで、硬直していた指先がようやく感覚を取り戻し、折り目のついた使命感が僕の心臓を包みこむ。

いつの間にかユキはまた、電源の入っていないテレビを見つめていた。真っ暗な画面に黒い球の儀式でも見えているのだろうか。

第三章　カイメイ

お馴染みの上野の喫茶店に、シモカワは約束の時間を十分過ぎて登場した。これでも彼にしては早いほうだろう。僕は、さっき図書館で借りたばかりの呪術に関する本を閉じて、声の主を見た。前回会った時よりも身なりがさらに荒れているように感じるのは、気のせいだろうか。肩にうっすらフケのようなものさえ積もっている。

「悪い悪い。このところ徹夜続きでさ。っても仕事じゃなくてゲームだけど。あれ、ショウフクさんは……あ、いたいた。お前ら一緒じゃなかったんだな。ショウフクさん、こっちこっち」

季節外れの陽気に汗をかいたシモカワは、向かいのソファに腰掛けながら、僕の背後に向かって大声で呼んだ。初対面の人間が紹介者より先に落ち合うなんて無理だろう、と半ば呆れながら振り返る。

「ショウフクさん」と呼ばれた眼鏡の男性は、僕の座っている場所のちょうど斜めうしろに位置する席で、両手を添えてホットコーヒーを飲んでいた。彼はシモカワの姿を認めると、ソーサーの上に静かにカップを置き、紙ナプキンをさっと一枚取って上品に口元を拭った。

袈裟を身にまとった一見お坊さんのような出で立ちで、首元にも両手首にも大きな数珠のようなネックレスをつけている。華奢で両頬は痩せこけてはいるが、髭も髪の毛も丁寧に整えられていて身ぎれいだ。

実は、僕がこの店に到着した時にはすでに彼がいた。衣装も目立つが、独特の雰囲気を漂わせる彼が気になり、この人が今日同席する予定の人物であったらいいのにと内心期待していたのだ。

ショウフクさんは店員に声をかけて移動の許可を得ると、僕と対面になるようにシモカワの隣に座った。比較的ゆったりとした作りになっているソファが、丸々としたシモカワのせいで窮屈そうだ。

「初めまして。ヤハギと申します。弓矢の矢に作ると書いて矢作です」

ショウフク、と耳に入った言葉がどういう字で構成されているのかが気になったので、僕はあえて自分の名前の漢字を紹介した。

「初めまして、ショウフクです。庄屋さんのショウに、禍福のフクです」

カフク……僕は一度頭の中でその音をいろいろな文字で再生して、数個目で福の字にたどり着いた。福という字を紹介するのに幸福や福の神を挙げないところに、彼なりのこだわりがあるのだろうか。

シモカワは、自分の紹介した人間たちの自己紹介も我関せずといった調子で、今日も極甘アイスコーヒーを啜っている。

「それでその、庄福さんのご職業は……」

僕は、改めて彼の一風変わった格好を眺めた。

「ああ、これですか。これはコスプレですよ。祓い屋のコスプレ。祓い屋の屋は庄屋さんの屋です。子どもの頃からそういう類いのものに興味がありまして。本業は会社員ですし、服装はとある漫画に出てくるキャラクターのリスペクトですが、副業で怪奇アドバイザーをやっているので、その辺の呪術師や祓い屋よりは詳しいと思います。下川さんとはもともと学生時代に友人を通じて知り合ったんですが、最近偶然、雑誌の怪奇特集で再会したんです。除霊を職業にしている人とも横の繋がりがありますし、必要になったら紹介できますよ」

庄福さんは、「怪奇アドバイザー」と印字された似顔絵付きの名刺を差し出しながらすらすらと自己紹介をした。なるほど。怪奇アドバイザーという職業は初めて聞いたが、その道に通じた人間につてがあるとなれば、いざというとき心強い。いざというときという言葉を反復しながら、僕は現実味を帯びた彼女の死という最悪の未来予想を頭の中から急いで追い出そうとした。

唐突にシモカワがトイレに行くと言い出し、庄福さんを避けて席を立とうとしたが、厚みのある体が邪魔をしてなかなか出られない。膝を引いたり体を捻ったりしてなんとか避けようと庄福さんも努力したが、結局一度席を立って、奥にいるシモカワを出してやった。

テーブルが揺れて、半分に減ったコーヒーに波が立った。ちょうど小波《さざなみ》が収まった頃、シモカワが店員とのすれ違いざまに「アップルパイとミックスサンド、あとは、ホットコーヒーのおかわり」と大声で頼んでいるのが聞こえてきた。ここまでくると全く体型を気にしていないのが羨ましくさえある。庄福さんは、口を半開きにして複雑そうな表情をしている。

座り直して衣装を整えた庄福さんが、おかわりのコーヒーに口をつけようとしたとき、湯気で眼鏡が曇ってしまった。彼は一時停止したあとおもむろに懐から巾着を取り出し、中に入っていた眼鏡拭きをぱんっと広げて、ゆっくり時間をかけてレンズを拭いた。そして輝きを取り戻した眼鏡をかけ、再び丁寧に布を折り畳んで懐へ入れる。何となく僕はその一連の所作を神聖に感じ、厳かな気持ちで見守っていた。

シモカワの行動とのギャップのせいかもしれない。

もう眼鏡を曇らせたくないのか、庄福さんはそのあと頑としてカップに手を伸ばさなかった。

「飲まないんですか、コーヒー」

「ええ、冷めるのを待っているんです」

コーヒーの香りが、僕らの無言を赦すように漂っていた。

お待たせしました、と、サンドウィッチとアイスクリームの添えられたアップルパイがテーブルに置かれる。頼んだ本人はまだ戻らない。ついでに煙草でも吸っているのかもしれない。

　別にシモカワを待つ必要もないか、と思い、僕は本題に入った。

「そういえば、庄福さんは黒い球の話をどこまで聞いていらっしゃいますか」

「〝球〟……もし私の予想通りならば、そう呼ぶのは失礼かと。今日はお連れですか」

　瞬間、背筋に冷たいものが走った。「持ってくる」ではなく「連れる」という表現の違和感。いや、単に庄福さんの言葉選びが変わっているだけだと思いたい。

　僕は言葉の奥にある意味の陰を振り払うように乱暴に鞄の中をまさぐり、黒い球を掴み出してテーブルの上にごろりと放った。それなりに勢いがあったと思うが、球は全く転がらず、すっと静止した。

　庄福さんは、思わぬぞんざいな扱いに驚いたのか、前のめりになって目を剝いている。ややうしろめたさを感じ、ひとまず事の次第を説明しようと口を開いた僕を庄福さんが手の平で制止して言った。

「少々、お待ちください」

大きながま口のついた黒光りする革鞄を膝の上に載せ、庄福さんが中から取りだしたのは、お宝を鑑定する番組で見たことのあるような一式だった。紫の布、白手袋、虫眼鏡。

彼は、まず両手に手袋をつけてから、高級そうな紫の布をテーブルにぱっと広げ、その上に球を静かに置いた。それから蛍光灯に反射するほど完璧に磨き上げられた虫眼鏡を使って、食い入るように球を観察している。

端から見れば明らかに異様な光景だったせいか、サービスのお茶を運んで回っていた店員が、僕らのいる席だけを避けて行ってしまった。

シモカワは腹でも壊したのか、トイレに行ったきりまだ戻ってこない。

十分ほど経ってようやく虫眼鏡を置いた庄福さんが、神妙そうな低い声で言った。

「これは……」

僕は、続く言葉を待ってごくりとつばを飲みこんだ。

「これは……わかりませんね」

思わずツッコミのセリフが口から出そうになるのをぐっとこらえる。

「というのも、私が知っている情報では、持ち主以外には何の変哲もない黒い球にしか見えないんですよ」

弁解したいのか、庄福さんが眼鏡をずりあげながら上目遣いで言う。だが、それならなぜあんなに穴の空くほど観察していたのだろうと聞きたくもなる。僕は一呼吸置いて言った。

「じゃあその、庄福さんの予想されていた球の正体というのを教えていただけませんか。もちろん、確信がもてなくても構いませんので」

「そうですね……」

庄福さんはぽつりぽつりと話し始めた。冷めたコーヒーに時折口を付けながら、一つ一つの単語が間違いなく相応しい場所に収まるよう、ゆっくりと丁寧に。

僕は、自分の背中が背もたれから無意識に離れていくのを感じた。庄福さんの重ねる言葉がバームクーヘンのように耳を包み込み、じわじわと喧騒が遠のいていく。

ようやくトイレから戻ってきたシモカワは、でろでろに溶けたアイスクリームを気にもとめない様子で、アップルパイをむさぼり始めた。庄福さんは、シモカワの太い腕が球に触れないよう、自分の体で庇うようにして、なおも虫眼鏡で黒い球をのぞき込んでいる。

僕は手帳を開いた。

ユキの夢

・山
・白装束
・四角い舞台
・何かの儀式
・黒い球と水晶玉
・血塗れの人（死んだ？）

と書かれた隣のページに書き込む。

庄福さん
・御神体
・禍津日（マガツヒ）
・産土神《うぶすながみ》
・ビトリヤーナ
・身代わり
・A県とのゆかりは？

――庄福さんの話がもし事実だとしなら、なおさら球を隠していることをユキに知られるわけにはいかないな、と、僕はベロア生地の背もたれに深く身体を預けながら考えた。

「なあ、ユキってさ、身近に最近亡くなった人いたりする？」

キッチンに立ってお茶を入れてくれている背中に聞く。

「ううん、いないけど。どうして？」

「いや、ちょっと聞いてみただけ」

「なにそれ……今の私にそういうこと聞くのって不謹慎じゃない？」

振り返ったユキはわざとらしく、軽くにらむような目つきをした。彼女は今日、機嫌がいい。久しぶりに会社へも行ったようだ。

最近の彼女は、覚悟のできたような顔つきでいる。僕にはそれが、辛そうな顔をしているときよりも苦しかった。

死にゆく人間の心理変化の五段階というものを、以前本で読んだことがある。否認、怒り、取引、抑うつ、受容。今の彼女はもう受容の段階にあるのだろうか。僕には見せなかった怒りや取引をいつの間にか通り過ぎて。

正直なところ、彼女の死についての実感が、僕にはずっとなかった。球のことは薄気味悪いと感じる反面、好奇心をくすぐられる思いも強かった。こんな時に、と自分でも情けなく思うが謎解き好きは僕の性分なのだ。だがこの前庄福さんと話してからは、ユキの死がぐっと近づいたように感じる。

彼女を失うことをとても受け容れられない。このままずっと、暖かな灯りの中にいる後ろ姿を見ていたい。そんな思いが込み上げてきて、思わず立ちあがった。今すぐ抱き締めたい。だが、その行動はきっと特別な意味を持ってしまうだろう。ユキを泣かせてしまいそうで、僕は自分の身勝手さを反省した。ソファに再び腰を下ろし、不安を覆い隠すように目を瞑って温かな湯飲みに口をつける。

一服したあと、さっきの話題はそのままにしてそれぞれ風呂に入り、ベッドに横になった。ユキの部屋に転がり込む形で同棲を始めたため、たった一つの個室を寝室にして同じベッドで寝ている。最近は、ユキから自分と同じ香りがすることに不思議な安堵感を覚えるようになっていた。

彼女が寝息を立て始めたのを見計らって、僕はリビングに移動し、シモカワに電話をかけた。

――もしもし、あの件だけど――ああ、それとなく探りを入れてはみるけど、事が事だけに正面きっては聞きづらいよ。まずは球のこととか、儀式のこととか、こっちでもっと詳しく調べようと思う。それで今度、Ａ県に行ってみようと思うんだが、お前も来るか――

視線を感じた気がして何気なく振り返ると、さっき閉めたはずのドアの隙間から、ユキが片目を見開いて覗いていた。

ドクン

彼女のいる場所まで鼓動が響くかと思うほど驚いたが、平静を装って声をかける。

「どうしたの？」

「別に……浮気でもしてるのかと思って」

ユキは血走った片目のまま返事をして、部屋に入ってこようとしない。

「まさか。大学時代の男友達だよ。親友ってわけじゃないけど、気になるなら今度ユキにも紹介する」

「なんか球がどうとか言ってなかった？」

「あー頭《あたま》かな。あいつ最近、頭痛がひどいらしくて。いい薬ないかって聞いてきたんだよ」

「――――ふうん」


納得したのかわからないが、ユキは背を向けて寝室へ消えていった。扉が閉まるのを見届けた途端、極度の疲労を覚えて、僕は力なくソファに倒れこんだ。さっきので誤魔化せていれば良いが、おそらく難しいだろう。ユキに全貌を知られる前に、何とか球の真相を明らかにしなければ。

黒い球、祭儀、夢、庄福さんの言っていた身近な人間の死。A県と彼女の繋がりはユキに直接聞くのが近道かもしれないが、まだ何もわかっていない状況で中途半端に話をすれば、動揺させてしまうだろう。疑心暗鬼になっている今はなおさら。

得体の知れない恐怖やユキへの想いが邪魔をして、思考の糸がへたくそな路線図のようにもつれていた。僕は、自分の頭の中が整理されていない状態がとても苦手だ。だが今は考えるほど、糸口は深く沈み込んで見失われてしまいそうに思えた。気を紛らわせるためにテレビをつけたが、旅番組のナレーションを聞いているうちにいつの間にかソファで眠り込んでしまっていたようだ。

早朝目が覚めるとテレビは消えていて、体にタオルケットがかけられていた。ユキはまだ寝ているようだ。僕は彼女を起こさないように、そっとベッドに潜り込んだ。涙の跡のついた寝顔に見ないふりをして。

第四章　シコク

「お前、背伸びた？」

羽田空港で待ち合わせたシモカワが、僕を見上げながら言う。

「いいや」

そういえば、立った状態でシモカワに会うのは卒業以来だ。僕は高校に入った頃から急に背が伸びはじめて大学二年次でようやく止まったが、それ以降、自分より背の高い人間とすれ違うことは滅多になかった。

四国にあるB空港に降り立ったのは、午前九時だ。金曜は出社日なので、ユキは今頃会社へ行っているはずだ。考えたくはないが、先日の電話の一件で浮気を疑われている可能性もある。めったに出張など発生しない仕事だから、平日の夜明け前からいそいそと出かける言い訳をするのに骨を折った。念の為、四国にある工場への視察という体に取り繕っ

である。

球は日付が変わるとユキのいる場所へ戻ってしまうため、何としても今日中に東京へ持ち帰らなければならない。万が一間に合わず、彼女の目に付くところに移動してしまったら大変だ。

手荷物返却場を抜けて到着ロビーに出ると、ぬるい空気が体を包んだ。東京は肌寒くなって随分経つが、ここはまだ夏の終わりを引きずっているようだ。相変わらず半袖シャツ一枚のシモカワでも場違い感がない。

ぐるりと見渡した視界の中に、なぜか庄福さんが立っていた。しかも件の袈裟姿である。見間違いかと思って二度見したが、確かに彼で間違いなかった。


「シモカワ、お前が呼んだのか」

「いいや」

シモカワも珍しく驚いているようだ。

この時間帯は一便しかないので、もしかしたら同じ飛行機に乗っていたのかもしれない。

あの姿であれば搭乗口でも目立ちそうなものだが、二人とも庄福さんの存在に気づかずいたことになる。

疑問を抱きながら、一応声をかけた。

「庄福さんもいらっしゃってたんですね。ご旅行か何かですか？」

「いえ、ちょっと調べ物を。よろしければ一緒に回りましょう」

庄福さんは銀縁の眼鏡をクイッと上げて、椅子の上に置いていた黒いがま口鞄を手に取った。

二人が三人に増えたところで、全員縁もゆかりもない土地であることに変わりはない。ここへ来る前に下調べをしていた、取り掛かりの糸口のありそうな図書館、市役所、歴史資料館の三箇所のうち、ひとまず蔵書の多そうな図書館で土地の資料をあたってみることにした。

近代的な名前のその図書館は、開館からそう時間が経っていないのだろうか、建物全体がよそよそしさを纏っている。自動扉が開いた瞬間、広々とした視界の中で新しい木の匂いが鼻先をくすぐった。東京でよく利用している図書館と比べると床面積は五倍くらいありそうだし、随分近代的な造りだ。

手分けして見て回ろうと話し合い、三手に分かれて僕はまず二階に上がった。館内をぐるりと見渡したとき、ふと絵本コーナーが目に留まり、以前ユキと一緒に旅先の図書館へ寄ったことを思い出した。


「何見てるの？」

「これ、懐かしいなーって。賢一、知ってる？」

「ああ、確か小学校の時に授業で絵柄を見た記憶がある。話の内容は全然覚えてないけど」

彼女は開いていた絵本を閉じて、『ふたりはともだち』と書かれた表紙をこちらへ向けた。

「これ、実はシリーズものなんだよ。うちには四冊全部あったの。がまくんとかえるくんのやりとりが微笑ましくてさ。大好きだった」

「ふうん。そっか」

たったそれだけのやり取りだった。特別なことは何もない。だが記憶の断片は、僕の胸をしめつけるのに十分だった。

絵本を指でなぞりながら読み上げる優しい声と、母性に満ちた笑顔。きっとユキはいい母親になるだろう。あのとき僕はそう思った。まだ付き合って日は浅かったのに、その際のパートナーは自分であるに違いないと信じて疑わなかったのだ。

不意に、分厚い壁に圧迫されそうな感覚に襲われて、僕は息苦しさから逃れるように絵本コーナーを離れた。焦燥感は、意識に上らせたくないタイムリミットが確実に迫っていることを知らせていた。とにかく一刻も早く、真相にたどり着かなければならない。

一時間ほどかけ、必死にそれらしい文献を読み漁ったが、球についての記述はなかった。そう易々と事が運ぶはずはないと予想してはいたものの、あまりの進展のなさにさすがに落胆を禁じ得なかった。苛立ちを抑え込むように深い溜め息をつきながら、高い天井の蛍光灯を見上げる。

庄福さんによれば、あの球は「カイメイ様」というらしい。漢字はどう書くのかわからないそうだ。改名……解明……何だろうか。

図書館の出口で合流して、成果を共有し合ったが、二人とも僕と同じく何も掴めなかったようだ。

完全に無駄足になってしまったが、気を取り直して市役所へ行ってみることにした。とはいえ、A県と一口に言っても相応の広さがある。まずはどの地域のことか特定することから始めなければならないのかもしれない。


道場破りでもするように意気揚々と正面玄関から乗り込んだ男三人に、入口近くの警備員が怪訝そうなまなざしを向けているのがわかる。坊さん風の男、小太りの小汚い男、そして背ばかり高くて冴えない僕だ。警戒されても無理はないだろう。警備員に止められる前に正しい窓口へ直行したかったが、そもそも何課へ行くのが正解なのかがわからなかったので、ひとまず一番近い窓口の職員に声をかけた。

職員のおじさんは、こちらが事情を説明する間も「なんて運が悪い日なんだ。面倒そうな奴らに声をかけられてしまった」という心の声を一切隠そうとしない表情を浮かべながら、体を斜めにして本能的に逃げの体勢を取っている。生物として正しい姿勢だ。

一通り僕の説明が終わると、おじさんがわざとらしく頭をかきながら言った。

「はあ……うちではちょっとわかりませんね」

「では、どこの課が担当でしょうか？」

「いやあ……ちょっとわかりませんね」

「じゃあ個人的に詳しそうな人はいないんですか？」

のらりくらり返されるので、最後はつい語気を強めてしまった。一瞬怯んだおじさんは、心底迷惑そうに眉をさげて、後ろを振り返って叫んだ。

「アマネさん！　ちょっと来てもらえませんかねー」

アマネさんと呼ばれた窓際のおじいさんは亀のように首を伸ばしてこちらを見ると、両手を腰の後ろで組んで、目の前を横切る鳩そっくりにゆっくりゆっくりと歩いてきた。見ている人間をやきもきさせる動きだ。

おじさん職員が、苦笑いをしながら迎えて言った。

「なんか、この方々が……」

「え？」

「このかたが、たが、くろいたまについてくわしくしりたいんですって！」

耳の遠くなるような歳の人でも定年を迎えずに働けるのか、とどうでもいいことに気を取られていると、シモカワが僕の鞄を勝手に開けて、隙間から黒い球をおじいさんにちらっと見せた。おじいさんは、ぎくりとした様子で球に釘付けになっている。隣で「なんだありゃ」という細目をしている職員と比べてみても、明らかに何かを知っている反応だ。

僕は期待しながらおじいさんの言葉を待った。


「しらんよ。歴史資料館にでも行けば」

肩すかしをくらって立ちすくんでいる間に、おじいさんは明るい窓際に戻っていった。すたすたと平均台を渡る体操選手のような軽快さで。

職員に教えてもらった歴史資料館は、僕が予め調べていた場所と同じだった。市役所から車で三十分はかかるが、田舎の感覚だとそのくらいならすぐそこだろう。「せっかくだから、土地のうまいもんでも食ってから行こう」とごねるシモカワを街に置き去りにして、僕は庄福さんと二人、タクシーで資料館を目指した。もう午《ひる》近くになっているというのに未だに何の手がかりも得られておらず、僕は内心かなり焦っていた。口早に目的地を告げると、車を発進させながらのんびりした調子で運転手が尋ねる。

「歴史資料館なんかに何をしに行かれるんですかあ?」

「いやちょっと、調べ物を」

「そうですかあ。大変なお仕事ですねえ」

仕事だとは一言も言っていないが、運転手は、田舎にはそんなしゃれた職業なんかないですからねえ、と妙に感心しながら右折する。

到着までにまだ時間がある。僕は庄福さんと、これまでの情報の整理と今後の予定について話し合うことにした。すると突然、バックミラーを覗き込みながら運転手が言った。

「ああ、カイメイ様ですかあ」

「え、ご存じなんですか？」

驚いて前のめりになった勢いで、運転席との境にある透明の板に頭をぶつけてしまった。

「知ってますよぉもちろん。子どもの頃、ばあちゃんからよく聞かされたきねえ」

「失礼ですが、どちらのご出身ですか？」

「僕は見ての通り、大都会A市の出身ですけど。ばあちゃんはT村ですよ。まあ、今は吸収合併でX郡になってますけどねえ」

そう言って、バックミラー越しにニヒヒと笑う。

運転手には申し訳ないが、下らない冗談の相手をしてあげる余裕はなかった。僕は地図アプリを開き、急いでX郡を検索しながら言った。

「すみません、行き先変更で。駅に戻ってください！」

「リョーカイ！」

運転手は何を思ったのか突如活気づき、アクション映画さながらに急ハンドルを切って

Uターンした。

「もしかして今からX郡に行かれるんですかあ？」

法定速度ギリギリアウトな運転とは裏腹に、相変わらず運転手の口調はのんびりしている。

「はい、調べないといけないことがあって」

僕は腕時計をちらちら見ながら答えた。

「よかったら、ばあちゃんの連絡先、教えましょうか？　カイメイ様のことなら、年寄りに聞くのが一番ですからねえ」

ばあちゃんは耳が遠いから、話を聞きたいなら家まで行ってもらわんといけんが、と言って、運転手は降りるときに住所と電話番号を書いた紙をくれた。しかも、同居している叔父に話を通しておいてくれるらしい。こういうのを何と言うんだろう。そうだ、神対応だ。さっき下らない冗談の相手をしている暇はないなどと思って申し訳ない。

庄福さんと僕は、何度も頭を下げながらお礼を言った。運転手は片目を瞑り「いいってことよ」とでも言いたげにピースサインを額に当て、別れのハンドサインを繰り出して急発進で去っていった。

膨らんだ腹をポンポン叩きながら店から出てきたシモカワを急いで回収し、三人でX郡行きの電車に乗り込んだ。さっき教えてもらった住所の近くには電車が通っていないので、一番近い駅まで電車で一時間強、そこからさらに車で一時間移動しなければならない。現時刻は十二時三十分。今日中の帰宅はもはや絶望的だった。腹を括らなければならない。

僕は、空席の目立つ車内でスマホを取り出し、ユキにメッセージを送った。

「ごめん、仕事終わりに急遽、現地の人たちとの会食が入った。今夜はビジネスホテルに泊まることになりそう」

決してやましいことをしているわけではないが、彼女に対してこんなふうに嘘を積み重ねることへの罪悪感は拭えなかった。全ては彼女を助けるためだ、と、僕は自分自身に言い訳をして、未読のままのメッセージボックスを閉じた。

電車に乗っている間にもやることはある。移動手段の確保だ。車社会なので、おそらく駅にレンタカー店はないだろう。タクシーすら拾えるか怪しい。今のところ、運転手からもらった親戚の連絡先だけが頼りだった。

僕は連結部に移動し、ひどい揺れのなかメモを開いて数字を一つずつ読み上げながら番号を押した。仮に相手が出なければ、目的を何ら果たせないままここで強制終了になる可能性もある。

焦りのあまり苛立ちはじめた心を抑えるため、僕は呼び出し音を意識的にゆっくりと数えた。一、二、三……今さらになって、さっきタクシーでぶつけた痛みが気になってきて、額に手をやる。十コール目でようやく繋がり、受話器の奥から名乗る声が途切れ途切れに聞こえてきた。車輪が擦れ、女が哀願しているような音が響く。僕は左耳を中指で押さえ、スマホの音量を上げて言った。

「もしもし。聞こえますか？　すみません、うるさくて。たけしさんからご連絡が行っているかと思いますが……はい、そうです。東京から参りました矢作と申します。今電車でして、二時頃駅に到着予定です……はい、よろしくお願いします……」

通話している間にも不安定な足元はギイギイ揺れ、小窓からシモカワ達のいる車内の様子がちらちらと覗き見える。あろうことか、二人はトランプをしていた。シモカワが持ってきたに違いない。

電話を切ったあと、釈然としないまま彼らから少し離れた窓側の席に座った。車窓からは淡い曇のかかったのどかな田園風景と、午後の太陽を乱反射する海原が見える。連結部の騒音も、座席に座っていればリズミカルなＢＧＭのようにも聞こえるので、もしもこんな旅でなかったら、缶ビール片手に景色をのんびり楽しみたいところだ。僕は溜め息をついて地図アプリを開き、目的地付近を拡大した。

恐ろしいほどに山ばかりである。

第五章　カクシン

駅に電車が止まり、困惑しながら無人改札を抜けると、高く上がった太陽で一瞬目の前が真っ白になった。その中に、後光が射すように立っている人物の影が浮かび上がる。他に人影もなさそうなので、きっとあの人が運転手の叔父だろう。期待で自然に足が速まった。

だが、近づいてみると、軽トラの傍らに立つその人物は、ヨレヨレのシャツと半ズボンをさっき適当に選んできました、と言わんばかりの身なりの男性だった。東京で生まれ育った僕にとっては、昭和を舞台にしたドラマの中でくらいしか見たことがない出《い》で立ちだ。電話口の明朗な声から想像していた姿と随分違うが、本当にこの人で合っているのだろうか。にわかに心配になる。

「ヤハギさん？」

不安を打ち消すように、目の前のおじさんがはっきりと僕の名前を呼んだ。

挨拶もそこそこに、おじさんは手際よく荷物を荷台に乗せ、僕らにもトラックに乗るよう促したが、軽トラなので当然座席は助手席しかない。「三人で行くと確かに伝えたよな……」と記憶を遡りながら顔を見合わせ、庄福さんの提案で僕は助手席に、二人は荷台に乗ることになった。今回の当事者に一番近いのは僕だからという配慮らしい。シモカワは「おもしれえじゃん」とでも言いたげににやつきながら、荷台に飛び乗った。二人の姿を見届けてから、僕も高い位置にある助手席のシートへよじ登るようにして乗り込むと、ベルトの金具が穴にささったかどうか怪しいくらいのタイミングで車が急発進した。

座席に背中をぶつけた衝撃で、一瞬息が止まる。

「あの、軽トラって、確か荷台に乗るのは禁止では……」

「あーね」

おじさんは軽快なハンドル捌きで、交通安全のお守りを勢いよく揺らしながら左折する。

僕はタクシーの運転を思い出した。血筋なのかもしれない。

「よかよか」

何がよかよかなのかさっぱりわからないが、とりあえず助手席に座っている自分はこの中で一番責任が軽いに違いないと考え、荷台の問題は気にしないことにした。

出発してから数分も経たない内に、車は山道を上《のぼ》り始めた。車内は、曲がり角でなくてもぐわんぐわん揺れる。さながらオフロードだ。僕は生まれて初めてあの取っ手に摑まった。窓の上部に設置されているあの取っ手だ。そうか、こういう場面で使うものだったのか、と、とっさに摑んだ瞬間に初めて理解した。

ユキの実家のある八王子も大概田舎だと思っていたが、ここまでではない。少なくとも、たとえ山道であってもアスファルトで固められてはいる。後ろに乗っているシモカワたちは大丈夫だろうか。僕は、楽しげに揺られるシモカワと、必死に荷台に摑まる庄福さんを順番に想像し、改めて申し訳なさを感じた。

「それで、カイメイ様のことなんですが……」

「あ？」

砂利の上を走る音で、会話が難しかった。僕はドアについているハンドルをくるくる回し、窓を閉めた。完全に消音というわけにはいかないが、幾分ましだろう。

「カ・イ・メ・イ・様！　です！」

「ああー。たけしが言いよったやつね。おいは婿養子でね。九州生まれ九州育ちやけん、よう知らんとよ。最近、世話しにこげんド田舎まで来たばっかいやし。今、ばあさんのとこに連れてっちゃるけんが」

てっきり地元の人だとばかり思っていたが、どうやら違ったらしい。やはり身なりで人を判断するのはよくない。慣れた人なら訛りを聞けばすぐにわかるのかもしれないが、東京から出たことのない僕にとっては、西の方言の区別は難しかった。

いつ到着するともしれない長い山道を、赤べこのように、あるいはどこかの民族の不思議な踊りのように首を揺らしながら進む。冗談のように激しく揺れるので、自分の姿を俯瞰的に想像するとちょっと可笑しい気持ちになる。もちろん今はそんな場合ではない。ユキの顔を思い浮かべると、胸の奥がちくりと痛んだ。だが調べ物をしようにもスマホの電波は入らないし、こんな揺れではまともな思考もできそうにないので、僕は気を紛らわせるために素数を数え始めた。

九二九まで来たところで、ようやく車が止まった。結局、たった一台ともすれ違わずに目的地らしき場所へ到着したところで、おじさんの言った「よかよか」の意味がわかった気がした。

僕が助手席のドアを閉めるより早く、シモカワは重そうに膨らんだ体を軽々と持ち上げてトラックの荷台から飛び降りた。重量を失った軽トラが大きくバウンドする。続いて、後ろ向きになって荷台のふちに摑まりながら、庄福さんがのそりと降り立った。

庄福さんは……ものすごく乱れていた。荷台の壮絶な環境が一日で想像できるくらい、あのきっちりした庄福さんが変わり果てた姿でそこに立っている。眼鏡が漫画のようにずり落ち、袈裟は夜這いのあとの如くはだけている。坊主なのに。僕はおかしさをこらえきれなかったが、彼のプライドを守るためには、決して笑ってはいけなかった。しかも、庄福さんは口には出さないものの、きっとユキの身を案じてこの旅に同行してくれているのだ。そんな人を笑うなんて、あまりにも失礼である。

僕はどうにかごまかすために庄福さんから目線を逸らし、不自然な声色で言った。

「あーっと。あの家でしょうか」

僕の指差したのは、山奥にしては立派な門構えの家だった。ただ、庭木の手入れにまでは手が届かないのか、枝葉が伸び放題になっていてかなり荒れた様子だ。おじさんは、鍵のかかっていない玄関扉を勢いよく横に引いた。

「ばあちゃーん！　おきゃくさーん！　あぐっけんねー」

何の返答もない。その代わりに、奥から古い畳と線香の匂いがしんと漂ってきた。

脱いだ靴を揃えている間に、シモカワはずかずかと上がり込んでキョロキョロしながら廊下を進んでいく。おじさんの案内で、広い廊下を抜けた先の客間に通された。古い日本家屋は天井が低い。僕は自分の長身をつい失念して鴨居に思い切り頭をぶつけた。奇しくもタクシーでぶつけたのと同じ箇所である。シモカワは「あれ、お前背伸びた？」と、また言っている。どうもこの旅が始まってから緊張感がない。

僕の隣に腰を下ろした庄福さんは、もう普段通りの庄福さんに戻っている。おじさんがペットボトルのお茶を四本持ってきて、光沢のある大きな座卓を挟んだ向かい側に胡座をかいた。その位置からこちらに向かって、ペットボトルをエアホッケーのように滑らせる。

「はい。ガスはあぶないけんね、なるべく使わんと。こんな田舎にも運んでくるっとやけん、便利な世の中たいね」

ポットもないのだろうか、とふと気になったが、単に面倒なだけかもしれない。

「おお、ばあちゃん」

おじさんの声で振り向いたとき、僕は初めて老婆の存在に気が付いた。いつのまにか背後にぬっと立っている。僕らが入ってきた廊下側の障子ではなく、客間に繋がる松の木の描かれた襖から入ってきたようだ。少なくともこの部屋に入るために一度は襖を開け閉めしたはずなのに、全く気配を感じなかった。

昔話の絵本に出てきそうな着物姿の老婆は、呼びかけに応えもせずぬらぬら歩き、おじさんの真横に腰を下ろした。庄福さんの衣装が気になるのか、カッと目を見開いて見つめている。「よろしくお願いします」と僕が挨拶したのも聞こえていないようだ。

おじさんが気をきかせて言った。

「こんひとたちはね、カイメイさまについて知りたかとよ」

お婆さんは、口をへの字に結んだまま、微動だにしなかった。実物を見せたほうが早いだろうと鞄を開けて黒い球を取り出そうとする横から、庄福さんが紫の布をさっと卓上に広げてくれる。僕は〝球〟をその上へ静かに置いた。

おじさんが物珍しそうに顎を捩《ねじ》りながら球を眺める。お婆さんは先ほどよりさらに大きく目を見開いて、首を亀のように伸ばし卓上を見つめていた。黒目が異様に小さいせいで、何ともいえぬ不気味な迫力があった。珍しくシモカワが借りてきた猫のように行儀良く座って黙っている。お婆さんがおじさんに耳打ちする。僕らにその声は聞こえない。

おじさんが言う。

「こい、どがんしたと、ってばあちゃんが聞いとる。あんたんとこに来《き》んさったんかって」

「来んさった」というのが敬語であるらしいことは、何となく予想がついた。この人も庄福さんと同じで、球を持ってきたのではなく、あたかも偉人がやってきたように言うのだな、と思った。

「いえ、僕のお付き合いしている女性の部屋に、ある日突然現れたんです。ちょうど一ヶ月前くらいでしょうか」

お婆さんが再び耳打ちする。

「その人は病気か怪我してるか、って」

お婆さんが耳打ちする。おじさんが話す。その異様な光景と、卓上に鎮座して強い存在感を放つ球のせいで一帯が妙な緊迫感に支配されており、決して居心地の良いものではなかった。

僕はお婆さんの問いかけに、一度深呼吸をしてから答えた。

「はい、おっしゃる通りです」

　僕の答えを受けて、お婆さんは球を見つめたまましばらく何かを考え込んでいるようだった。その時間を埋めるように、おじさんが喋る。

「あんたの彼女さんっていうのは、こっちん生まれん人ね」

「いいえ。僕の知る限り、本人もご両親も東京の人間です。その前はちょっとわかりませんが」

　お婆さんがこちらを一瞥して、長い耳打ちをした。おじさんは、お婆さんの話を要約して伝えてくれた。

　黒い球の正体は、この地域に深く根付いた宗教に関わるため、土地の血の入った人間にしか教えられない。本当ならば当事者である彼女と直接会って話したいが、お婆さんはこの土地のしきたりでここから離れられない。

　その代わり、自分よりもずっと事情に詳しい、巫女の家系の人間を紹介してやろう。

そこまで説明すると、おじさんはペットボトルに口をつけ、プハーッと息を吐いてから言った。

「A市役所で働いとる『アマネ』さんって人らしいわ」

アマネ……アマネ……最近どこかで聞いたことがある……懸命に記憶を探っていると、庄福さんがぼそりとつぶやいた。

「あのおじいさん……」

そうだ、市役所にいた耳の遠いおじいさん。「知らんよ」などと言っていたが、実は関係者だったのか。見事にすっとぼけられてしまった。もしあのとき素直に教えてくれていたら、こんなに遠回りをせずに済んだのに、と、僕は途方もない徒労感に襲われた。

タイミングよく柱時計が鳴る。短針は五の位置を指していた。山奥まで来ているので、今から急いで空港まで戻ったとしても、最終の飛行機に間に合わないだろう。今日中に家に帰ることは諦めるほかない。

落胆しながら五回目の刻《おと》を聴き終えると、いつの間にかお婆さんの姿が見えなくなっていた。今まで不自然なほど大人しかったシモカワが「腹減った」と急にぐずり出す。

「たいしたもんはなかけど、ちょっとまっとき」

よっこらしょっと立ち上がったおじさんに続いて、庄福さんも着物の袖を捲りながら
「お手伝いします」と台所へ消えていった。二人の後ろ姿を見送ると、僕はスマホを開いた。電車の中からユキに送ったメッセージは既読になっているが、返事は来ていなかった。

「明日は昼にはそっちに帰れると思う」と文章を打ち、少し考えてから修正して送信した。

「明日、会社に寄って仕事を片付けてから帰るつもりだから、遅くなるかもしれない。また予定がわかったら連絡する」

元々は朝一の便で帰るつもりだったが、ひょっとすると明日アマネさんに会って状況が変わるかもしれないと思ったのだ。読み返してみると不自然な文面にも思えてきて、少し後悔しているところにユキから返事が来た。

「わかった。気をつけてね。もしかしたら先に寝てるかも」

疑われているだろうか。この三年間、隠し事などしたことなどなかったから、たぶん僕は嘘が上手ではない。察しのいい彼女には、すでに全て見抜かれているのかもしれない。

でも全部ユキのためなんだよ、と心の中で改めて念じながら横を見ると、シモカワが食前の準備運動のつもりなのか仕切りに体を曲げたり伸ばしたりしていた。

そうこうしているうち、おじさんと庄福さんがお盆にたくさんの料理をのせて運んでくる。美味しそうな匂いが漂ってきた瞬間、急激な空腹に襲われた。そういえば、朝から何も口にしていなかったことに初めて気が付く。

山間部だが、テーブルに並べられた料理には海の幸もふんだんに使われていた。近所の人が釣りを趣味にしていて、よく魚を分けてくれるのだという。どれも素朴な味付けで、どこか懐かしい味がして美味しい。お袋の味というやつだろうか。もしかしたら何品かは庄福さんの手作りかもしれないが、知らないほうが良い気がして聞くのはやめておいた。

「そういえば、どうしてお婆さんは耳打ちでお話をされていたのでしょうか」

気になっていたことを、庄福さんが聞いてくれた。

おじさんが、シモカワのグラスへ豪快に日本酒を注ぎながら返事をする。

「おいもようわからんとやけど。いつでん知らん人とかたいよっときはあげんしよっばい」

いい感じにお酒が回ってきたのか、おじさんの方言が流暢になっている。これ以上何かを聞き出すのは難しそうだ。お婆さんは、土地から離れられない理由を「しきたり」と言っていたし、もしかしたらそういったこの土地ならではの決め事のようなものが堅固にあるのかもしれない。

そのあとは「そういえば一応火は使えるんだな」などと、どうでもいいことを考えながら遠慮なく夕食を堪能した。そのうちに、球のことも何とかなるような気がしてくる。人間、お腹が満たされると気が大きくなるのかもしれない。

勧められるままに酒も飲んでほろ酔いになったシモカワは、今度は厚かましくも風呂を要求し出した。明らかに毎日入っている身なりではないというのに。庄福さんは、おじさんの話に根気よく相槌を打ちながら、眠そうに目を瞬《しばた》かせて眼鏡を上げたり下げたりしている。

この旅が始まってからというものずっと他人事のような振る舞いのシモカワに、正直言うと不満を覚えることもあった。だが、シモカワにとってはユキは全く知らない女性であるし、巻き込んだのは僕の都合だ。それに案外、そういう人間が近くにいることで気が楽になっている部分もあるのかもしれない。もしシモカワも庄福さんもいなくてたった一人でここまで来ていたら、おそらく想像以上に心細かっただろう。

僕は膨れたお腹をさすりながら目を閉じて、二人にそっと感謝をした。

体を流して戻ってみると、すっかり夜が更けていた。「こげん田舎に宿もないけえ」と、おじさんが床の間に布団を三組敷いてくれる。まさかこの歳になって、男三人川の字で寝ることになるとは思いもしなかった。変な気分で灯りを消すと、隣に寝転んだシモカワが、頬を緩ませて不揃いの歯を剝き出しにしながらこちらを見た。

「終電、なくなっちゃったね」

この男、まったくふざけている。やっぱり庄福さんと二人で来たほうが正解だったかもしれない。呆れた僕は返事をせず、くるりと背中を向けた。
結局ここでも肝心なことは何もわからなかったが、代わりに有力な手がかりを摑めたことは確かだ。着実に真相へ近づいてはいる。あとはどうか、朝になって球がユキの目につく場所に戻らないよう祈ろう。
目を閉じてすぐ、僕は深い眠りに落ちた。

——誰かが呼んでいる——

き…ちゃん……
ゆ…き……

小さい女の子の声のようだ。

遠くに霞んで見える声の主をよく見ようと、目を凝らした。よく見えない。心なしか、人影が次第に大きくなってゆき、それとともに声も近づいてくる。

……ない…で

……□※△……

なんだ、よく聞こえな――

さ、が、さ、な、い、で、

息がかかるほど近くにきた少女の顔――眼球がない、たすけ――――

はっ、と跳ね起きる。夢だ。少女の顔は血塗れだった。「さがさないで」と、確かに聞こえた。今も耳の奥が残響でこわばっている。だが一体、何を？　混乱の中、改めて少女の顔を思い出し、寒気がした。気付けば背中にびっしょりと汗をかいている。

次の瞬間、ざわりとした気配を感じた。左に――左に何かいる――。

恐る恐る横を見ると、僕の布団の脇に人間サイズの黒い影がゆらめいていた。闇の中に浮かび上がるその塊に思わず、ひぇッ、と情けない声が出る。だがよくみると、その正体は庄福さんだった。正面を向き、正座になって座っていた庄福さんの横顔が、ゆっくりこちらへ振り向く。

「あのう……厠《かわや》に行きたいんですけど……そのう……ついてきてもらえませんか」

引き戸を開けると、昔ながらのぼっとん式便所があった。その隣、もう一つの戸を引くと、今度は小便器がある。庄福さんは、小さくお辞儀をして、小便器の方へ入り、ピタリと戸を閉めた。とりあえず、向かいの壁に寄りかかりながら待つことにする。確か、祓い屋を目指していたようなことを言っていたと思うが、意外に怖がりなんだな。そういえば、小さな頃はよくこうやって夜中に弟のトイレに付き合ってやったっけ……。寝ぼけながら古い記憶を遡っていると、庄福さんが用を済ませて出てきた。

「ありがとうございました」

いつもの真顔の庄福さんに戻っている。ひんやりする廊下を並んで歩きながら、庄福さんが言った。

「あまり確実でないことを言うのもよくないと思って黙っていたんですが、私はこれまでカイメイ様が禍をもたらすものだとどうしても思えなかったんです。もちろん、断片的な知識しか持っていないのですが、何となく不吉さを感じないと言いますか。でも……いえ、今はやめておきます」

寝ていた部屋へ帰ると、シモカワが途轍もない音量でいびきをかいていた。僕は布団を頭まで被って、再び眠りについた。もう夢は見なかった。

翌朝、身支度を調えるとき、念のため鞄の中を確認したが、黒い球はやはり消えていた。おそらくユキのもとへ帰ったのだろう。慌ててスマホを確認したが、ユキからは何の連絡も来ていなかった。まだ起きていない可能性もあるが、無事にクローゼットの奥など目につかない場所へと戻ってくれていることを祈りたい。

おじさんには、当初考えていたよりも多めに謝礼を払った。それでも急に訪問した得体のしれない男三人を食事付きで快く泊めてくれた対価としては、少ないくらいかもしれない。今日も変わらずヨレたTシャツを着ているおじさんは、玄関先で差し出された封筒の中身を確認するわけでもなく、三度断ったあと「よかとに～」と言いながら折り曲げてズボンのポケットに捩じ込んだ。

再び軽トラに乗せてもらい、駅を目指す。庄福さんは帰りも荷台に乗り込もうとしたが、行きの様子を思い出してさすがに申し訳なくなり「なかなか経験できないことだろうから荷台に乗ってみたい」と伝えて、助手席に乗ることを勧めた。

荷台は激しい揺れでお尻は痛いし、急なカーブに差し掛かるたびに姿勢を保とうと力が入るので想像していた以上に疲労する。そんな僕とは対照的に、シモカワは向かい側で涼しげに頬に風を受けていた。つくづく神経が図太い。そういえば、大学時代に南アジアの国々を身一つで旅行していたとか言っていたっけ。それを思えば、こんな体験など彼にとってはどうということもないのかもしれない。神経の太さはそのまま強さでもあるよなあ、と羨ましく思った。

体感時間半日ほどかけてようやく駅に到着し、おじさんに改めて礼を言って改札をくぐった。姿が見えなくなるまで「またきんさいね～」と手を振ってくれているおじさんの人の好さに、僕は軽い感動を覚えていた。本当に、色んな人の縁に支えられている旅だ。

鞄を抱えてベンチで待つこと数分、一時間に一本の電車がホームに入ってきた。目的地は、市役所のあるあの町だ。不本意ながら、最初に降りたったところへ結局戻る形になってしまったが、昨日は膨張する不安を宥めるように目でなぞった水平線に、今日はのんびりカモメの姿を数えられる。曲がりなりにも進捗があったおかげだ。何ならトランプをやってもいいな、という余裕が生まれ、僕は少し離れた席の二人を見遣った。だが生憎、二人とも席につくなり爆睡してしまったらしい。

シモカワは昨夜「畳の上じゃ眠れない」などとぶつくさ文句を言っていた癖に案の定大いびきをかいていたが、庄福さんは神経質そうであるし、慣れない環境でよく眠れなかったのかもしれない。途中でトイレに起きるくらいだ。

手持ち無沙汰なので僕も少し眠ろうと思い、到着予定時刻五分前にアラームをかけて背もたれに身体を預けた。

――トントン
淡い眠りの表層で、誰かに肩を叩かれる。

うっすら瞼を開けると、息がかかるほどの距離に庄福さんの顔面があった。昨日から、この人はもしかしてわざとやっているのだろうか。しかし真っ昼間なので今日は怖くない。

「すみません、お休みのところ」

隣の座席へ腰を下ろしながら庄福さんが言う。

「どうしたんですか」

「実は、ちょっとお話ししたいことがありまして……」

まさか。

直感的に脳裏を掠めた嫌な予感は、残念ながら的中した。昨夜僕が見たのと同じ夢を、庄福さんもまた見ていたのだ。いや、僕の場合は、血塗れの顔が近づいた瞬間に目が覚めたのでまだ良かった。庄福さんは、四肢が引きちぎれんばかりに捻れた上に胸元から腑《はらわた》の飛び出した少女に腕を掴まれ、しばらく追い縋《すが》られたというから、その恐怖は大変なものだっただろう。昨夜一人でトイレに行けなかったのも致し方ない。心からの同情を覚えながら、僕は簡潔に自分も同じ夢を見たことを伝えた。

そうですか……と、庄福さんが溜め息を吐く。

「一体、あの少女は誰なんでしょうか」

庄福さんの、呟きとも取れる弱々しい問いかけに、僕はある考えを口にした。

「さあ……ただ、これはあくまで予想ですが、もし黒い球の真相に近づくことで僕らがあの夢を見たんだとしたら、おそらくユキの関係者ではないかと」

庄福さんは黙って頷いたあと言った。

「そういえば、今矢作さんとお話をしていて思い出したことがあります。今まで黒い球にばかり注目していて忘れていたのですが、ユキさんの夢の中では確か、二つの球が並べてあったとおっしゃっていましたよね？　黒い球、つまりカイメイ様と、水晶のような透明の球。実は昨夜私が見た夢の中で、少女の足元にガラスの破片のようなものが散らばっていたんです。それってもしかして、ユキさんの夢に出てきた水晶玉の割れた欠片だったりしないでしょうか。

水晶と言えば、主に魔除けの石として有名ですが、とても大きな力を持っているので祈願成就や全てを白紙に戻す、いわゆるリセットのパワーがある石としても知られています。ある地域では、甦りの石として祀られているくらいです。それが夢の中で割れていたということは……。あくまで私の解釈でありますが、やはり不吉な予感がしますね」

庄福さんの話には説得力があった。怪奇アドバイザーを副業にしているだけあって、その方面の知識では頼りになる。

僕は通路を挟んだ窓側席で眠りこけているシモカワを叩き起こし、夢の話をした。

「ああ、出た出た。二人も見たのか。すげえなあ、三人一緒の夢なんて、まさにオカルトって感じだ」

腕を組んであくびをしながら、驚くほどあっけらかんと答えた。シモカワは確か怪奇研究のサークルに入っていたはずだが、これまでの言動を見る限り真面目な目的で所属していたわけではないだろうことは、容易に想像できた。僕は、庄福さんのほうへ向き直って言った。

「さっき伝え忘れていましたが、夢の中で少女が気になることを言っていたんです」

「なんですか？」

庄福さんが眼鏡の位置を正す。

「探さないで、って。僕に向かって、確かにそう言ったように聞こえました」

「探さないで、ですか……一体何をでしょうか」

「さあ、すぐに目が覚めてしまったので、そこまでは」

庄福さんは、俯いて何かを考えるように黙り込んだ。僕は席に戻り、手帳に「水晶玉‥

魔除け、リセット」「庄福さんの夢：割れた水晶？　の欠片、血塗れの少女」「探さないで（何を？）」とメモし、窓の外をぼんやりと眺めた。次第に、車窓の景色が賑やかになっていく。

手帳に視線を戻し、これまで得た断片的な情報を整理して繋げてみようとしたが、うまく頭が回らない。理性的な人間を自負していたのに、今は「壊れた水晶を探して元に戻せばユキの病気が治るだろうか」などという突拍子もない考えばかりが浮かんでは消える。

さっきかけたアラームが鳴るのと同時に、電車がまもなく駅に到着しますというアナウンスが流れた。

第六章　キュウメイ

改札を抜けて、おじさんに教えてもらったアマネさんの携帯電話にかける。十回目のコールでようやく繋がった。

驚いたことに、アマネさんはわざわざ駅まで出向いてくれていた。

「こんにちは、アマネさんですね。私は矢作と言います。実は昨日、市役所で一度お会いしているのですが」

三人の中年に一斉に見つめられた高齢の男性は「はて、なんのことやら」という顔をわざとらしく作っている。

「たけしさんのお婆様からアマネさんをご紹介いただきまして」

「おばあさま？　ああ、ハルちゃんね。会った？　べっぴんさんだったでしょう」

アマネさんは急に顔を綻ばせた。僕は、八割が皺で構成されたお婆さんの容姿を思い浮かべ「一般的な美醜の基準に照らして判断できない造形である」という結論に至り、どう答えようか迷った。

「ハルちゃんから聞いてると思うけど、あのことは門外不出なんだわ。噂が広まったら困る。で、今から一緒に東京行くから」

僕の普段の生活の中では考えられないようなアマネさんの行動力にも、今となっては驚かなかった。

この旅に出てからというもの、いや、シモカワに十数年ぶりに再会してからというもの、僕は常に意外性に晒されている。

元々友人も自分と近い環境で育った人間が多かったが、特に大学を卒業してからは似た性質の職場の人々とのごく平凡なやりとりが中心であり、世の中には多種多様な人間が存在するということをすっかり忘れていた。

シモカワを筆頭に、庄福さん、運転手のたけしさん、泊めてくれたおじさん、お婆さん。皆、予想もつかない行動を取る。人間は面白い生き物だ、と、僕はほとんどの人が早い段階で得るだろう「気づき」を、今更になって体験していた。

恥ずかしながら僕は、自分が他の人と比べて知識や思考の面で秀でていると無意識のうちに認めてきたことを否定できない。だが、常識を超えた存在の謎を巡るこの旅においては、それらが大して役に立たないことを痛感していた。もし、不思議な縁で繋がったユニークな彼らの厚意がなければ、先へ進めなかっただろう。現に、独りきりで調べていた時にはほとんど成果を得られなかった。暗闇の中を、新しい糸を手繰り寄せるように人と出逢いながら前進する旅だ。

アマネさんの突拍子もない言動も、見も知らぬユキのためだと考えると感謝の念でいっぱいになる。

帰りの飛行機のチケットを取るのが直前だったこともあり、並びの席がすでに売り切れていたため、僕らは各々離れた場所に座った。

羽田空港の到着ロビーで、これまで一緒に旅をしてきた二人とは別れることになった。アマネさんがどうしても部外者の介入を許さなかったのだ。僕はユキの婚約者ということで、ぎりぎり身内として許可を得た。正確にはただの同棲している恋人同士だが。

「あとで絶対、詳細を教えてくださいね」と耳打ちして、庄福さんが名残惜しそうに去って行く。シモカワは、大量のお土産を両手に抱えてスタスタと歩いていった。確かめたわけではないが、おそらくほとんどが自分用だろう。

東京駅行きのシャトルバスは、大きなうねりのある空港道路を抜けて、高速へ入った。アマネさんは、彼女に会うまでは何も喋らないと固く口を閉ざしていたが、僕は一か八かと、低いエンジン音に紛れて話しかけた。

「どうしても、彼女と話をするより先に教えてもらうことはできないのでしょうか。実は一緒にいた袈裟姿の男性がそういった方面に少し詳しくて、球の役割を部分的に聞き知ってはいるんです。中途半端に知っているほうが、気になって彼女に余計なことを言ってしまうかも……」

明らかに脅す意図を携えてそう言うと、アマネさんは横目でじろりと僕を見た。

「どこまで知ってる」

僕は、あの日喫茶店で庄福さんから聞いたままを伝えた。
・〝球〟の名前はカイメイ様という。漢字は不明
・由来はA県で、昔は祭儀に使われていたらしい。祓除《ばつじょ》の神の依代《よりしろ》、つまり神霊が憑依するものと言われている
・当事者（持ち主）と関係のある死者によってもたらされる
・一見普通の黒い球だが、持ち主にだけ特別に声が聞こえたり模様が見えたりする

「ふん、それだけか」

アマネさんが鼻で笑って前を向いた。本当は他にもある。だが、今はそれについて黙っていたほうが良い気がした。その代わりに、伝えておくべきことがある。

「それから、これは関係あるかどうかわかりませんが……昨日、僕ら三人とも同じ夢を見たんです。血塗れの女の子の」

アマネさんはその言葉でハッと振り返り、僕の顔をまじまじと見た。嘘を言っていないかどうか判断しようとしているのかもしれない。

「そうか……それはちょっとやっかいだな……仕方ない。お前さんの婚約者がなるべく傷つかずに済むように考えないといかんな」

不本意だがお前も交《ま》ぜるか、と、アマネさんは腕組みをして唸った。そのあとに続く言葉を待ったが、なかなか口は開かれない。僕は痺れを切らして言った。

「その女の子、夢の中で僕に『探さないで』って言ったんです」

「まあ、そうだろうな……」

アマネさんはそう言ったきり、また黙ってしまった。

アマネさんって巫女の家系なんですか？　お婆さんやたけしさんとはどういうご関係なんですか？　などと話しかけたものの返事はなく、長い沈黙の刻《とき》が流れる。ひょっとして眠っているのかもしれない、と顔を覗き込んだ瞬間、カッと目を見開いて「寝とらんわい！」と怒られた。

仕方ないな、といった様子で溜め息を吐きながらアマネさんが聞く。

「彼女の周りで亡くなった人は？」

「聞いてはみたんですが、いないと言っていました」

「最近のことだけじゃなくて、昔のことも含めて聞いたのか」

「付き合ってもう三年になりますが、そういう話は聞いたことがないですね。母方の祖父は彼女が生まれる前に亡くなったそうですが」

「いや、その人じゃない。おそらく子どもだ」

脳裏を夢の少女がよぎった。一瞬しか顔は見ていないが、どことなく面影がユキに似ていたような気もする。最初は遠くにいるから小さく見えたのかと思っていたが、背丈もよく考えると幼稚園……大きくても小学校低学年くらいだろうか。

まさか隠し子か、とも思ったが、ユキはまだ三十にもなっていない。僕と付き合う前に子どもを亡くしたとすれば、二十歳《はたち》以前に産んだことになる。それに四年前出会ったとき、特段彼女に暗い影もなかった。むしろ僕と比較しても朗らかな性格だと思う。だとすれば、姉妹だろうか。だが彼女からも、彼女の母親からも、そんな話は聞いたことがなかった。

「そうだ、お母さん」

僕は思わず、場に不釣り合いな音量で独り言を放ち、アマネさんのほうを向いて改めて言った。

「彼女のお母さんに聞けば、何か知っているかもしれません」

僕はすぐにユキの母親にメッセージを送った。彼女に内緒で会えませんか、と。慌てたせいで、逢い引きの誘い文句のようになってしまった、と後悔した直後にメッセージが既読になり、返事が来た。

「いいですよ。どうしたんですか？」

僕は手短に訪問の目的と、年老いた同行者のことを伝えた。


東京駅でバスを降り、アマネさんと一緒に中央線に乗り換えて郊外に住むユキの母親を訪ねる。最寄り駅まで迎えに行きましょうかと提案されたが、何度かユキと一緒に自宅に招かれたことがあったので、道を覚えていた。

呼び鈴を鳴らして一分も経たないうちに玄関扉が開き、花柄の柔らかそうなワンピースに身を包んだ若々しい女性が出てきた。とても五十代には見えない。アマネさんが、急にしゃきんとして、聞いたことのないような丁寧な口ぶりで挨拶をする。

「初めまして、わたくし、アマネと申します。天《てん》の音《おと》と書いて天音與一《よいち》でございます。このたびは、急な訪問で大変ご迷惑をおかけし、申し訳ありません。こちらの婚約者の方から話をお伺いし、娘さんの件で参りました。巫女の家系に生まれまして、今はA県の市役所で職員をしております」

アマネさんともう何時間も一緒にいるが、ここへきて初めて漢字を明かされた。

ユキの母親は、婚約者という言葉に驚いたのか一瞬僕のほうを見たが、すぐに天音さんへ視線を戻すと「斉藤涼香と申します。娘がいつもお世話になっております」とにこやかに会釈をして、中に入るよう促した。

花の香りのする玄関を抜けて、左手にある居間に入った。勧められるままに天音さんと並んでソファへ腰を下ろすと、母親は紅茶を用意して向かいに座った。

僕は出されたカップには手をつけず、早速ですが、と切り出した。

「ユキさんの病気のことなんですが」

母親の顔にさっと陰が落ちる。

「もしかしたら、彼女のもとに急に現れた黒い球が関係しているかもしれません。ユキさんから何か聞いていらっしゃいますか？」

病気と余命のことは母親にも伝えたとユキが言っていた。だが、黒い球のことまで話しているかどうかを僕は確認していなかった。

母親は、動揺の色を瞳に渡らせながら首を横に振った。

「黒い球がどうのというのは、今初めて聞きました。ユキの病気と関係しているということは、縁起の悪いものなのでしょうか。それでさっき天音さんが巫女さんとおっしゃっていたんですね」

どうやら挨拶の時に母親が反応したのは婚約者という言葉に対してではなかったらしい。いきなり黒い球のことを聞いたのは失敗だった。僕は、普段なら備えているはずの冷静さや慎重さが失われていることに気が付いた。

天音さんが助け舟を出すように言った。

「説明が足りずに驚かせてしまい、申し訳ありません。矢作さんの言う黒い球のお話をする前に、いくつか質問をさせていただきたいのですが。もちろん、答えにくいところは無理にお話しいただかなくて構いません」

天音さんの問いかけに、母親が両手を胸の前で重ねながら「ええ」と言った。

「まず、涼香さんはこれまでA県へ行かれたことはありますか？」

天音さんが、穏やかな声で語りかける。

母親は不思議そうな顔をしながら答えた。

「ええ。私はこの辺の生まれですが、母がそちらの出身なんです。私が結婚したあとに父が亡くなって、それを機に母は田舎へ戻り、今もA県で暮らしています。ユキが小さな頃は、お盆やお正月によく母の家へ遊びに行っていました。そういえば、ユキは母の家で出産したので、出生地もA県なんですよ」

天音さんと僕は思わず顔を見合わせた。

「変なことを聞きますが、ユキさんにお姉さんか妹さんはいらっしゃいますか」

天音さんがそう口にした瞬間、母親の顔から血の気が失われた。

「……ユキがそう言ったんですか？」

「いえ、彼女とはこういった話は何もしていないんです」

「そのことが、ユキの病気やさっきおっしゃった黒い球と何か関係しているのでしょうか」

戸惑いと緊張で震えながら、か細い声で聞く。そんな母親の様子を見て、天音さんは言葉を発するのを躊躇しているようだ。

僕は一度深呼吸し、はっきりとした口調で言った。

「まだ確信はありませんが、少なくとも僕らはそう思っています」

「そうですか……」

重たい沈黙が、明るい陽射しの洋間を不似合いに支配した。窓の外を走る車のエンジン音がやけに大きく聞こえる。

「実は、ユキには四つ歳の離れた妹がいたんです。一年生の時に、事故で亡くなりました」

母親は、苦しそうに声を絞り出しながら、ぽつりぽつりと当時の出来事を話してくれた。

少女の名前は、アヤ。彼女の出生地も同じA県だ。アヤはどこへ行くにもユキについて回り、誰の目から見ても二人はとても仲の良い姉妹だった。ユキ自身も、妹の面倒を見るお姉さんらしい自分を誇らしく思っていた。

ユキが五年生の夏休み、家族で母方の祖母の家へ帰省した。この頃ユキは、妹を変わらず大切に思う一方で、同じ年頃の子と過ごす時間にも惹かれていた。おそらく多くの少女がそういう時期を迎えるのと同様に。

「内緒の話だよ……」

数人の従姉妹たちと一緒に祖母の家付近にある公園で遊んでいたとき、ユキと同じ歳の従姉妹が、そう言ってアヤの方をちらりと見た。親戚の中ではアヤが一人離れて年少だった。

ユキは彼女の意図を察し、純粋な好奇心で話にまざろうとする妹に言った。

「アヤちゃん、ごめんね。ちょっとだけあっちで待ってて。おねえちゃんも五分したら、そっちにいくから」

「うん、わかった！」

アヤはわがままも言わず、元気に返事をして駆けていった。妹が滑り台の近くのベンチに座り、リュックの中からお気に入りの絵本を取り出すのを見届けて、ユキは少女たちとの話に戻った。


ユキは当然、約束を守るつもりだった。決して五分以上妹を放置する気などなかった。ところが、話に夢中になっているうちに時は過ぎ、悲しい事故が起こってしまった。

アヤは、ユキの遊ぶ公園のすぐそばで、トラックに轢かれた。ボールを追いかけて、道路へ飛び出してしまったらしい。

悲鳴がそこかしこに響いていた。騒ぎを聞いた母親は、何事だろうと、エプロン姿のまま公園へ駆けつけた。視界を巨大なトラックが塞いでいた。直前で少女を避けようと急ハンドルを切ったのか、トラックが電柱にぶつかって止まっている。開いたドアの前に、運転手が力なくへたり込んでいた。

フロントガラスは割れ、前輪が血に塗れて溝に肉片がだらりとこびりついてぶら下がっている。

そのすぐ前に、変わり果てた我が子が投げ出されていた。野次馬たちは誰も近寄ろうとせず、あまりにむごたらしいその姿を見て後ずさった。

母は駆け寄った。めまいがする。口がどうしようもなく渇いた。気管が体をつきやぶってヒューヒュー乾いた音を鳴らす。声が掠れ、うまく出そうにない。そもそも呼びかける気力もなかった。母の眼前に横たわるもの、それはかろうじて人間の形を保っていたが、一目見て死体とわかるものだった。頭は後ろ半分が割れて失われ、内臓は飛び出し、手足はこよりのように捻れてちぎれかけている。熟れすぎたトマトを地面に投げつけたように。

それでも母にはそれが我が子だとわかった。それが悲しかった。割れたガラスの破片が夕日に照らされて、アヤの髪を留めていたビーズアクセサリーと一緒にキラキラと輝いた。

母は血濡れた髪を撫でた。今朝、髪をとかしてやったときと同じように、何度も撫でた。

遠くに救急車のサイレンが虚しく響いた。

ユキは長いこと、公園に突っ立っていた。病院へ付き添った母の代わりに迎えにきた祖母へユキが途切れ途切れに話したのが、さっきの事故前の状況だったらしい。だが、その後ユキは塞ぎ込んで、一言も話さなくなってしまった。母親は落ち着くまでの間、祖母にユキを預けることにした。

東京での葬式が終わり、母親が迎えに行くとユキは明るい笑顔で出迎えてくれた。だが、彼女はアヤのことをすっかり忘れてしまっていた。死んだ事実だけではない。自分に妹がいたことさえも。

母は、もう少し預かっていてほしいと祖母に頼み、一度東京に戻ってアヤに関係するものを全て片付けてからユキを帰宅させた。周囲にもアヤの話をしないよう、固く口止めをして。

「ユキが記憶を失ったこと、大きな心の傷を負ったことによる解離性健忘じゃないかってお医者さんには言われました。今も、ユキはアヤのことを何も覚えていないんです」

天音さんも僕も言葉を失っていた。どんな台詞《せりふ》も母親の想いを上滑りする気がして、何を発すれば正解なのか全く見当も付かなかった。

人の気持ちに鈍感な僕でさえも、母親が深い悲しみの中にいるのがわかった。彼女は声も表情も殺して密やかに泣いていた。おそらくこの十数年、幾度となくそうしてきたのと同じように。

時の概念が喪失したような静寂が訪れた。まるで、凝固した空気が質量を持って僕らを押しつぶそうと徐々に迫ってくるように思えた。

鳥のさえずりでも車の排気音でもいいから、とにかく何か聞こえてきてくれないかと心底願った。だがそれは叶わず、たまらず僕は、冷めた紅茶を一気に飲み干し、かちゃかちゃと故意に音を立ててカップを置いた。それでも時が戻ってくることはなく、ソーサーの染みをじっと見据えるしかなかった。

きっと母親は、小さい妹から目を離した姉を責めることなく、遺されたもう一人の娘を罪悪感から守るために、感情を押し込めて、何事もないように振る舞ったのだろう。悲しみの涙を流す権利さえ与えられず、彼女は長い間孤独にアヤを弔うしかなかった。僕の知っているユキの明朗さは、母親の血の滲むような自戒の成果に違いなかった。

重い沈黙を破ったのは、母親だった。

「もしかして、その黒い球が病気に関係しているというのは、その、アヤがユキを恨んでいた。……？」

そう問いかける母親の声は震えていた。それは恐怖ではなく、悲しみと戸惑いに満ちていた。

それはまだ僕にも確信がなかった。だが仮にそうだとしたら、僕はその事実を二人の女性へ伝える勇気がなかった。

そのとき天音さんが、居間の空気をぴりりと震わせる声色で放った。

「いえ、それは有り得ません」

俯いていた母親が、はっと顔を上げる。天音さんが続けて言った。

「黒い球――私らのところではカイメイ様と呼んでおるんですが、決して不幸をもたらすような神様ではないのです」

むしろ――

そう言って、天音さんは丁寧に説明し始めた。カイメイ様に纏《まつ》わる儀式のこと、そして呪物としてのカイメイ様の役割を。

「私の先祖は代々、巫女をしておりました。

古くから村に伝わる祭儀に『ヒキトリの儀』というものがあります。人が死ぬことを『息を引き取る』と言いますが、この言葉は、亡くなった人の息を誰かが引き継ぎ、命をつなぐ、というところに由来しているのです。そして私の村では、魂を神様にいったん預ける意味でも使います。人が死ぬと体から魂が離れるので、それを神様へ預けるのですが、精神は神様のもとへは行かず、魂からさらに分離して浮遊し続けると言われております。

魂はいわば、生命の核、容れ物のようなものなのです。

村の死者から魂を預かった神様は、下界時間でいう数年から数十年かけて、それを守り、純化して還《かえ》します。そのときに行われるのが『ヒキトリの儀』なのです。一般に使われる言葉でわかりやすく言えば、転生の儀式ですね。

祭儀では、二つの球が使われます。一つは透明、もう一つは黒。この黒いほうがカイメイ様です。正しくは神様そのものではなくその依代なのですが。カイメイ様の名前の由来は黒を表す晦冥《かいめい》とか戒名《かいみょう》の訛りだとか言われています。正確なことはわかりません。そもそも、土地と先祖に深く根ざしている神様で、T村の巫女や特に血の濃いものの間にだけ口秘で伝わっているものですから。透明の球は、イシャナ様と呼ばれています。

転生の儀式自体は非常に単純で、新月の晩に正装した者たちが二つの球を取り囲んで夜が明けるまで祈りを捧げる習わしです。ただ、言い伝えでは、儀式をとり行うと私たちの目には見えない上界で、転生を望む者、つまり元の魂の持ち主の精神が、事情を知らない『死に近い者』の精神を一人選んでつれてきて、二つの球のどちらかを選ばせると言います。このとき透明の球が選ばれれば、転生を望む者に新しい生が与えられ『生まれ変わり』が行われます。そして、もし黒が選ばれると反対に『死に近い者』がその生命体としての寿命を全うするまでの生を授かります。正確に言えば、透明の球に宿るのは生命を与える神、黒は死を喰らう神ですが。カイメイ様が死の穢れを吸い取るまで、〝球〟は『死に近い者』の側《そば》にあり続けるそうです。

ここにいる彼が昨夜見た夢の内容をふまえると、おそらくアヤさん、つまり亡くなった妹さんとお姉さんのユキさんが、それぞれ『転生を望む者』と『死に近い者』としてこの儀式に参加したのではないかと」

天音さんが、ほらお前も夢の話をしろ、と言わんばかりに顎で僕を指す。

僕は、ユキの母親の目を見て、昨晩三人の夢に出てきた少女について語った。なるべく直接的な表現をしないように気を付けたが、母親は手で口元を押さえ、悲痛な表情でそれを聞いている。事故当時の状況を考えれば無理もない。

僕は、昨日の夢について一通り話し終えると、一呼吸置いてから、以前ユキの見た夢の話をした。

「それからもうひとつ。すみません、これは天音さんへもまだお伝えしていないことなのですが、病気がわかったばかりの頃、彼女がこんな夢を見たと言っていました。――懐かしい感じのする白装束の人について行くと、能の舞台のような場所に二つの球が置いてあり、それを取り囲む集団がいた。彼女が透明の球を手に取ろうとしたら、その場に案内してくれた白装束の人物が急に手を摑んで自分に黒い球を触らせた。その瞬間その人は血塗れになり、そこで目が覚めた――と」

初めて聞く話に、天音さんは豆鉄砲を食らった顔でいる。きっとユキの見た夢が、実際の儀式や言い伝えの内容とあまりに一致していたからだろう。

僕は天音さんのほうを振り向かずに続けた。

「ユキさんの余命宣告を受けて、僕は球の謎を探るべく学生時代の友人らと一緒にA県を訪れ、その道中で、天音さんとも出会いました。

実のところ僕は、ここへ来るまで二つの仮説を立てていました。一つは、黒い球が不吉なもので、ユキの病気が球によってもたらされている可能性。もう一つは、逆に良い影響を与えてくれている可能性です。

病気がわかる前から、ユキさんは、黒い球のことを悪いものだと感じていたようで、僕に球を遠ざけるように頼みました。ただ、もしそれが事実だとすれば、彼女が何者かによって意図的に呪われていると考えるのが自然です。ですが、彼女の人となりからして、死を強く願われるほどに誰かの恨みを買うのは考えにくいことでした。

そういった事情もあり、僕は、黒い球が幸福をもたらす存在だと信じたい気持ちをなかなか放せずにいました。一緒に旅をした友人の一人も、カイメイ様に対して邪悪な感覚を抱けないとは言っていましたが、僕らは最後まで断片的な情報しか得られなかったので、カイメイ様が禍をもたらす神様ではないという確信が持てなかったのです。

それに、最初にお母さんのお話を伺って、申し訳ありません、ひょっとしたら妹さんが自分との約束を破ったお姉さんを恨んでいるのかも、と考えたのです。だとしたら、以前彼女の見た夢も、姉のユキさんに呪いをかけるためにアヤさんがわざと黒い球に触らせたのではないかと。悲しいけれど辻褄は合います」

母親は「ええ」と混乱の最中《さなか》にいる虚ろさで応えた。僕は紅茶のカップを口に運び、すでに空になったことを思い出して再びソーサーの上に戻して言った。

「ですが、もし天音さんのお話の通りなら、僕の解釈はまるっきり間違っていたことになります。

おそらく、魂の浄化が終わり転生の儀式の順番がきたアヤさんの精神は、お姉さん――つまりユキさんが病に侵されていてもう先が長くないことを知り、自分の命をお姉さんに繋いでもらおうとしたのだと思います。天音さんのお話を聞く限り、本来であれば、ユキさんが自分自身で黒い球を選ばないといけない約束のようですが、妹さんはきっとどうしてもお姉さんを助けたくて、夢中でユキさんに黒い球を触らせたのだろうと僕は考えています。

もちろん透明の球が選ばれない限り、自分は生まれ変わることができないことを、彼女は知っていたはずです。それでも、幼くして不本意に散った自分の命より、大好きだったお姉ちゃんに生きてほしかったのでしょう」

ユキの命があと僅かであることを知っていたアヤちゃん。もしかしたら、死んだあとも空の上から見守っていたのかもしれない。あたたかに浮遊する精神でずっと。

昨夜、三人の夢にわざわざ出てきて「探さないで」と言ったのは、僕らが真相にたどり着くことを止めようとしたのだと思う。もしユキが真相を知れば、アヤちゃんの死を思い出して自分を責めるに違いないから。

「アヤという名前は、私の母が付けたんです。真っ白な雪の人生を彩る存在でありますようにと」

声を詰まらせながらそう言い終えたとき、母親の頬をひとすじの涙がつたった。涙は、母と娘の後悔を押し流しながらとめどなく溢れ続ける。十数年の時を経てようやく悲しみが解放されたかのように。

ユキの実家を出ると、すっかり日は落ち、空にはうっすらと白い月が浮かんでいた。家へ帰る途中なのか、小学生たちが笑いながら目の前を駆けて行く。

一つ目の角で天音さんは駅とは別方向へ去って行った。

「四国はな、別名黄泉の国とも言われている。死の国と生の国の縁《えにし》が深い場所なんだ。今回の件、彼女に話すかどうかはお前さんが決めればいい」と言い残して。

手を振ったあと、寒さに思わず身震いした。たった一日四国にいただけなのに、東京は急に季節を進めたようだ。僕は体をこすりながら、もう一度空を見上げた。僕の住んでいる街より空が広く見える。月の縁がぼんやり滲んでいた。満月かもしれない。

僕は一人電車に揺られながら手帳を開き、さっき天音さんから得た情報を書き加えた。

ユキの夢
・山→T村W山
・白装束
・四角い舞台→I神社
・何かの儀式→ヒキトリの儀
・黒い球と水晶玉→カイメイ様とイシャナ様（恐らくイザナギが由来）

・血塗れの人（死んだ？）↓アヤちゃん（転生を望む者）

その隣のページと見比べてみる。

庄福さん
・御神体
・禍津日（マガツヒ）：凶、禍、ケガレの神。イザナギが黄泉の国の穢れを洗い流した時に生まれた
・産土神《うぶすながみ》：氏神《うじがみ》。氏神を信仰する村人＝氏子《うじこ》
・ビトリヤーナ：神の住む場所かつ死者の行く場所
・身代わり
・××県とのゆかりは？

こうして見ると、四国へ行く前に庄福さんが教えてくれた情報は、箇条書きで並べても

要領を得ないが、天音さんの話と繋ぎ合わせると転生の儀式を示唆している。そして「身代わり」というキーワードが、最初に想像していたものと全く逆の意味を持って、解として浮かび上がった。

別のページにメモした庄福さんの夢に出てきたガラスの欠片は、イシャナ様の依代である水晶玉ではなく、事故の時に割れたフロントガラスだった可能性もある。推測したところで、確認する術はないが。

それから、ユキのことも考えた。黒い球が出現する以前のユキは、明るい人間だった。明朗かつ聡明で凛としていて、その余裕からくる親切心と愛情を惜しみなく平等に示す彼女を、周囲の人々は自然に愛した。彼女自身もおそらくそれを理解して受け止めており、それが当然の振る舞いであるかのように全ての人間に好意的だった。

だからこそ、死を眼前に提示されて彼女が変わってしまうことが悲しかった。落ち込み、会社を休み、死を覚悟した寂しい顔で笑う彼女の姿を見たくない。無論、それは僕のわがままだ。誰だって、死を宣告されたら戸惑うに違いない。

そもそもこの旅は、ユキのためだったのか？　本来なら最初から全て彼女に打ち明けて共に悩み苦しみ、協力し合って解決する手段を探す道を選ぶべきだったのではなかろうか。そうしなかったのは、どこかで秘密を楽しんだり、彼女を救う英雄的行動に自己陶酔したりする側面があったせいではないのか。思案するほどに憂鬱になる。ユキの妹の穢れのない愛情と自身の歪《いびつ》で不完全なそれを比べると、いっそう胸が締め付けられた。

第七章　エニシ

家に帰ると、ユキはソファで毛布にくるまり、小さく丸まってうたた寝をしていた。帰りの遅い僕を待っていてくれたのかもしれない。さっきまでの煩悶が嘘のように、純度の高い愛しさで胸が満たされていく。

やはり死んで欲しくないと、心から思った。アヤちゃんが繋げてくれた命は、僕が責任をもって守っていくと約束しよう。自分を犠牲にして姉を助けるほど尊い精神を持っているのだから、いつかまたこの世に生まれ変わらせる機会を得られるに違いない。あまりに勝手な思い込みだが、弱い僕はそう信じていたかった。

「ただいま。そんなところで寝たら風邪引くよ」

僕はユキを抱きかかえた。暖かな重みを感じる。ふと顔を見ると、まつ毛が濡れていた。彼女の唇が、小さく動く。

「アヤちゃん……」

翌日、寝言のことも自分が寝ながら泣いていたことも、ユキは覚えていなかった。それでも僕は、ユキに全てを話した。黒い球の正体、アヤという妹がいたこと。そしてアヤちゃんとお母さんの愛情。ユキが約束の時間に間に合わなかったことは伏せておいた。

ユキは最初、半信半疑で聞いていたようだったが、やがて、全てを理解したように全身の力を抜いて、ぽつりとつぶやいた。

「だからいつも誰かに見守られているような気がしていたんだ」

後日、ユキは病院へ定期検査に行ったが、どこにも異常は見つからず、そこかしこに散らばっていた腫瘍もすっかり消え失せていた。納得のいかない医者はユキを入院させてさらに検査を重ね、そのたびに結果を見比べてしきりに首を捻ったが、最終的には、もしかしたら最初に検査をしたときに患者を取り違えたのかもしれないとでも思ったのか「こういう不思議なことも稀にあるんです。何にしろよかったですね」と明るく言い放たれ、腫れ物に触るような対応で帰された。

疲れた顔で退院したユキは、その夜ベッドに横になりながら言った。

「賢一さ、ずっと前に、一緒に図書館へ行ったこと覚えてる？　そのとき昔よく読んでた絵本を見つけて、確か賢一にも話した気がするんだけど。あのあと実家に帰ったら、家になくて不思議に思ってたんだよね。お母さん捨てちゃったのかなあって。でも、病院の本棚で見つけたから開いてみたの。そしたら、全部思い出した」

ユキは、僕の目をまっすぐ見つめながら、聞いてほしい、と言った。

「あの日、アヤが事故に遭った日。アヤに、待っててって言ったの。ほんの五分だから、絵本読んで待っててって。あの子、まだ文字をうまく読めなかったのに。本当はね、前の晩に、続きは明日読んであげるって約束してた本だったの。あの子が大好きなシリーズで、わざわざ東京から持って行ってた。私に読んでもらうために。

あのとき、聞いたことのないくらいの大きな音でクラクションが鳴って、急ブレーキの音がした。それから何かが爆発したみたいな音がして、公園にいた子たちはみんな、驚いて音の方向を見たの。でも私はそうしなかった。瞬間的に嫌な予感がして。私、急停止したトラックじゃなくて、公園の中にアヤの姿を探したの。アヤ、どこ、って。でも、どんなに一生懸命見渡してみても、見当たらない。

時間が止まったみたいだった。無意識に公園の時計を見たら、アヤと離れてから三十分も経ってた。約束したのに。すぐ行くって、約束したのに。

もしアヤが事故に遭ってたらどうしようって、そう思ったら、鼓動が胸を破りそうになって、耳の奥がツンと痛んで、何も音が聞こえなかった。肺がざらざらして苦しくて、呼吸がうまくできなかった」

僕は思わず彼女を抱きしめた。ユキは嗚咽を漏らしながら続けた。

「私、アヤと約束したのに、守れなかった。私がちゃんとアヤを見ていたら、あの子は死なずに済んだのに」

「ユキ。お母さんが言ってたよ。あの日アヤちゃんは、自分より小さな子が転がしたボールを追いかけて、道路へ飛び出してしまったんだって。きっとアヤちゃんは、いつもユキの背中を見つめていたから、今度は誰かのお姉さんになりたかったんじゃないかな。尊敬するユキのような優しいお姉さんに。

僕はお母さんから話を聞いて、二人は姉妹として生まれてからずっと、信頼の絆で固く結ばれていたんだなって思ったよ。きっとアヤちゃんは『五分したら行くね』という君の言葉を、寸分《すこし》も疑わなかったと思う。いつもユキが約束を守ることを知っていて、自分を大事にしてくれる人間だとわかっていたから。だからこそ、待っていたんだ。大好きなお姉ちゃんが読み聞かせてくれる絵本を開きながら」

ユキは、僕の言葉にぎゅっと身を縮めて固くした。そして「アヤは、がまくんとかえるくんのお話が大好きだったの」と、絵本の一節を呟いた。

「あめは　じきあがるよ。——かわくのを　まっている　あいだ　おはなしを　ひとつしてあげるよ。」

カエルくんって、お姉ちゃんみたいだよねと笑う妹。妹の好きな絵本を、覚えてしまうほど読み聞かせてあげていた姉。死ぬ前の日、明日続きを読んであげると約束したお話。

僕は、自分の痛みを抑え込むようにユキの髪を撫でた。

ユキは僕の胸を涙で濡らしながら、ごめんね、ごめんねと何度も繰り返した。


後日、僕はユキに結婚を申し込んだ。もしあのまま彼女が死んでしまう未来であったとしてもそうしただろう。その翌年には、子どもを授かった。

エピローグ

上野駅近く、喫茶店。

僕は、さっきから活字を目で追っているだけだった本を閉じ、眼鏡を外した。近頃老眼の気があるのか、近くの物がぼやけて見えづらい。二人組の若い女性はやはり大学生であるらしく、今度は講義についての不満を語り合っている。カイメイ様は、彼女たちを見守るように、静かにテーブルの上に鎮座していた。

目の前のこの子もきっと、誰かの命を繋いでいるのだろう。覚えていない「ヒキトリの儀」によって。もしかしたらユキのように、誰かの愛情によって彼女も生かされたのかもしれない。死と生、人と人。カイメイ様は、天から放たれた凡《あら》ゆる縁《えにし》を束ね絡繰《からく》る神様なのだと僕は思う。

喫茶店を出ると、秋の空が幻想的な黄金色に染まっていた。マジックアワーというらしい。

昼と夜の境目。生と死の交代。

うちへ帰ろう。ユキとアヤが待っている。

〈了〉

〈参考文献〉

作 アーノルド・ローベル、訳 三木 卓『ふたりはいつも』文化出版局 一九七七年

著者プロフィール
藤原 佑月（ふじわら ゆづき）
著書
『リストランテ・マリオネッタ』（2020年10月30日）
『○一の境界』（2021年５月12日）
発行：文章・創作のサークル、Amazon Kindle 版。

好きな作家は芥川龍之介。

ヒキトリノQ

2024年６月15日　初版第１刷発行

著　者　藤原 佑月
発行者　瓜谷 綱延
発行所　株式会社文芸社
〒160-0022　東京都新宿区新宿１−10−１
電話　03-5369-3060（代表）
03-5369-2299（販売）

印刷所　図書印刷株式会社

ISBN978-4-286-25137-0